Simone Borowiak

Ein Zug durch die Gemeinde

Mit keinem Vorwort von Robert Gernhardt

Eichborn.

Die Deutsche Bibliothek – CIP-Einheitsaufnahme

Borowiak, Simone:
Ein Zug durch die Gemeinde / Simone Borowiak. – Frankfurt
am Main : Eichborn, 1994
ISBN 3-8218-0321-5

Zeichnungen von Simone Borowiak.
Umschlaggestaltung: Rüdiger Morgenweck unter Verwendung
einer Zeichnung von Simone Borowiak.
Satz: Fuldaer Verlagsanstalt GmbH.
Druck und Bindung: Wiener Verlag, Himberg.
ISBN 3-8218-0321-5
Verlagsverzeichnis schickt gern:
Eichborn Verlag, Kaiserstraße 66, D-60329 Frankfurt.

Inhalt

Für B. Staniewski, der ich
angeblich alles verdanke.

Statt eines Vorworts: Ein offener Brief von Robert Gernhardt an Harry Rowohlt

Lieber Harry,
gestern rief mich Simone an und erzählte mir, Du seist bei dem Versuch gescheitert, ein Vorwort für ihr neues Buch zu schreiben, ob ich vielleicht …

Aus zwei Gründen möchte ich Dich dazu bewegen, einen zweiten Versuch zu wagen: Erstens ist ein Buch ohne Vorwort wie eine Frau ohne Nachfahr, und zweitens sollte jeder Mann in seinem Leben ein Haus gebaut, einen Baum gepflanzt und einen Sohn gezeugt, wahlweise drei Vorworte geschrieben haben – und von alldem kann bei Dir leider nicht die Rede sein. Ich dagegen … Also die drei Vorworte habe ich jedenfalls hinter mir (je eines für Max Goldt, Bernd Pfarr und Michael Sowa), und an dieser Erfahrung möchte ich Dich teilhaben lassen. Früher oder später wirst Du ja doch Dein erstes Vorwort schreiben müssen – warum eigentlich nicht für Simone Borowiak?

Über das Vorwortschreiben kursieren viele falsche, manchmal geradezu abenteuerliche Vorstellungen: Daß man ein Leben lang vom ersten bevorworteten Besuch geprägt bleibe, daß Vorworte sich nur für die Autoren aus gleichem Verlagshaus schicken, daß jedes Vorwort die Lebenserfahrung um 20 Minuten verkürze – Ammenmärchen, Harry! Das Vorwortschreiben ist vielmehr die natürlichste Sache der Welt: Wenn ein Leser und ein Buch sich sehr, sehr liebhaben, dann kann häufig nach unterschiedlich heftigen Schreibwehen ein neuer, kleiner Text begrüßt werden, ein Vorwort, das – aber zur Sache:

Ein gutes Vorwort sollte dreierlei sein: persönlich, kenntnisreich und appetitanregend.

Persönlich: »Als ich der blutjungen Simone Borowiak das erste Mal in der Titanic-Redaktion begegnete, es muß im Jahre 1986 gewesen sein, da ahnte ich noch nicht« – wie bitte? Das träfe für Dich nicht zu, da Du noch nie einen Fuß in die Titanic-Redaktion gesetzt hast? Dann schreib doch einfach: »Als mein langjähriger Schwimmbruder Robert Gernhardt, der bekannte Vorwortschreiber, der blutjungen Simone Borowiak pi pa po bis »ahnte er noch nicht« und nun weiter im Text: »... daß er erstmals dem lebenden Beweis für die abenteuerlich erscheinende Behauptung gegenüberstand, die Frau sei doch mehr als die beste Freundin des Menschen. Gegner dieser These hatten stets den Totalausfall der Frau auf dem Gebiet der literarischen Hochkomik ins Feld führen können, zumal in Deutschland: Weit und breit keine Wilhelmine Busch, keine Karla Valentin, nicht einmal eine Eugenie Roth – und hatte das Rektorat der Neuen Frankfurter Schule den Menschen nicht verbindlich definiert als ›das einzige Wesen, das andere zum Lachen bringen kann‹?

Bereits mit ihren ersten Titanic-Texten bewies Simone Borowiak ihre Zugehörigkeit zu dieser Spezies, und sollte es ein schlechtunterrichteter Mann immer noch wagen, der deutschen Frau als solcher die Komikfähigkeit an sich abzusprechen, so muß er heute mit der tödlichen Fangfrage rechnen: ›Habt ihr Macker etwa einen Simon Borowiak aufzuweisen?‹«

Kenntnisreich: Auch in diesem Punkt kannst Du Dich gerne auf mich berufen, Harry. Schreib doch einfach: »Wenn mein Gewährsmann Robert Gernhardt nicht gerade an einem seiner bekannten Vorworte saß, liebte er es, die beiden Buchveröffentlichungen der Simone Borowiak miteinander zu vergleichen. ›Der kleine Sommerroman‹ ›Frau Rettich, die Czerny und ich‹ ist natürlich ein großer Wurf, sagte er mir einmal, doch erst ›Ein Zug durch die Gemeinde‹ zeigt den ganzen Reichtum der Formen und Tonfälle, über welche die Borowiak verfügt. Da steht der undurchsichtige Reisebericht neben der informativen Kriminalstory, das schlanke Drama neben dem wuchtigen Vierzeiler, die Mutter aller ›Frau Rettich, die Czerny und ich‹-Texte neben dem Vater aller« – Harry, es sollte gerade Dir nicht schwerfallen, diese Aufzählung zu komplettieren und um weitere verblüffende Gegensatzpaare zu bereichern.

Appetitanregend: Wie Du wohl weißt, Harry, kommt der Appetit beim Lesen, und wie könnte ein gutes Vorwort den besser anregen, als durch zwei, drei Zitate? Ich will Deiner Auswahl nicht vorgreifen, doch dies hier sind meine Favoriten – vielleicht kannst Du sie folgendermaßen einbauen: »Nie werde ich meinen letzten Besuch bei Robert Gernhardt, dem berühmten Vorwortschreiber, vergessen. ›In Zukunft will ich nur noch Nachworte in eigener Sache verfassen‹, vertraute er mir an, ›daher möchte ich Dir diese drei taufrischen Borowiak-Zitate vermachen. Erstens: ›Nach dem Weltkrieg sollst du ruhn oder tausend Schritte tun‹, zweitens: ›Ich finde Gewässerschutz muß sein. Schon wegen der Fauna‹ und drittens: ›Das Auschwitzoratorium ist vorüber. Betroffen gehen alle zum Apartheidsjazz‹ – welch ein Material! Harry, wenn ich noch mal fünfzig wäre, ich zimmerte aus diesen Zitaten ein Vorwort, daß selbst den schlitzäugigen Franzos die unbezwingbare Lust anwandelte, La Borowiaque zu lesen! So aber, Harry, muß ich die Fackel, Harry, in Deine Hände, Harry, Du verstehst mich, Harry?«

Nein? Aber ich, und das ist schließlich die Hauptsache. Also zeig's ihr, gib's mir, gönn's Dir: Schreib ein Vorwort zu »Ein Zug durch die Gemeinde« und sei herzlich gegrüßt von Deinem Schwammdrüber Robert, Vorwortschreiber i. R.

Vom Reisen

Eine Liebe zu Paul

Ventimiglia ist mir ans Herz gewachsen. Selten sah ich eine Landschaft von solch marodem und halsbrecherischem Charme – ein völlig verhauenes Stückchen Riviera, nicht so geputzt und nuttig wie beispielsweise Saint Raphaël an der Côte d'Azur, das nicht weit entfernt auf französischer Seite seine Freier erwartet; Ventimiglia ist weder gediegen noch sonderlich ansehnlich. Es liegt aus purem Zufall an dieser wunderbaren Mittelmeerküste, pflegt ein wenig seine Promenade und baut drum herum die schönsten Alpträume in Beton und Asphalt; Autobahnzubringer würgen die Westseite, nach Osten geht's weiter in die nächsten kleinen Käffer. Und sie alle haben (zumindest zur Nachsaison) wie Ventimiglia eine widerborstige, weil nach außen hin verkorkste und schlamperte Würde, aber sie haben wenigstens eine.

Schön ist es, an einem Wochenende in touristenfreien Zeiten zu beobachten, wie die Einheimischen ihr Meer besuchen gehen. In Grüppchen wird heftig flaniert, einzelne stehen nur so da und starren ein wenig. Das sind die wahren Freunde des Meeres: Sie benutzen es nicht, sie baden nicht in ihm, sie liegen nicht zum Bräunen dicht dran, sie schauen nur und werden ruhig im Gemüt, weil das Meer alle Sorgen und Umtriebigkeit in seiner Brandung verrauschen läßt.

Geschwächt von der Fahrt kamen wir an und schlichen durch die verhalten belebte Innenstadt. Die großen Tankstellen, in denen die Franzosen vor Binnenmarktzeiten ihren Pastis im Sixpack kaufen konnten, leuchteten traut, der flache Roija wisperte in seinem etwas zu groß geratenen Flußbett. Wir waren auf der Suche nach einem Lokal, in dem der sieche Reisende zur Not und wenn es denn mit der Reisehinfälligkeit ganz dick kommen sollte die Füße hochlegen könnte, ohne Anstoß zu erregen. So fiel die Wahl auf »Chez Paul«.

Von den vielen Tischen, an denen zur Hochsaison die Busladungen ihr »Menu turistico« einnehmen können, war nur einer besetzt. Dort lasen zwei afrikanische Würdenträger in Landestracht einigen Einheimischen aus der örtlichen Tageszeitung vor. Wir setzten uns weitab, um bei diesem Fest nicht zu stören. Und dann kam er: »Chez Paul« persönlich!

Der Doktor war sofort verliebt in das alte Männlein, das unsicheren Schrittes auf unseren Tisch zuwankte und uns die Karte brachte. Dann segelte es kurz weg, einmal um den Stammtisch mit den Würdenträgern herum, um uns erneut anzusteuern. Wir wählten aus, bestellten einen bestimmten Wein, Paul lugte auf das Weinregal, nickte, wiederholte den Weinnamen, schunkelte auf das Regal zu, kam mit der falschen Flasche zurück und bewirtete uns.

Der sichere Griff daneben setzte bei dem Doktor einen Schub an Zuneigung und Männleinliebe frei. Begeistert tranken wir von dem falschen Wein, begeistert aßen wir von der nahezu ungenießbaren Speise, die Madame Paul auf die Durchreiche knallte. Trotz einer sich anbahnenden Übelkeit meinerseits (und ich besitze nun wirklich einen durchtrainierten und wahrscheinlich sogar salmonellenresistenten Magen) bestellten wir bei Monsieur Paul, der in regelmäßigen Abständen vor unserem Tisch auftauchte wie eine Boje bei Seegang, das Dessert. Mandarinen sollten es sein.

Paul blickte zu der sorgfältig aufgeschichteten Mandarinenpyramide auf dem Büffet – er schien jetzt ein Momentchen lang zu meditieren oder zu beten oder überhaupt und in toto nachzudenken –, dann schritt er auf die Pyramide zu und entfernte von ihr zwei Mandarinen. Und zwar zwei aus der untersten Reihe.

Die Pyramide brach zusammen. Des Doktors Liebe zu Paul stieg ins Unermeßliche. Monsieur Paul brachte die Pyramide wieder in Form und entnahm dieser – nun klug geworden – die beiden oberen Mandarinen. Zum ersten mal lächelnd und mit einem Hauch von Triumph baute er sie vor uns auf. Der Doktor schmolz dahin.

Wir zahlten, Monsieur brachte uns zur Tür, man nahm Abschied voneinander, und trotz strenger Brise blieben wir noch vor dem Fenster stehen und beobachteten das Männlein, das sich nun offensiv torkelnd seinem Stammtisch näherte und zitternd einen ausgab, wahrscheinlich in der Hoffnung, wir wären nun wirklich die letzten Gäste des Tages gewesen.

Wer also eine in diesen Zeiten ästhetisch-logische Mischung aus Autobahnzubringer & Meer, aus Krankheit & Schönheit und Krieg & Frieden mag, der fahre nach Ventimiglia. Und wer obendrein im schönsten, ach was, charmantesten Lokal der Welt mit der schlechtesten Küche weit und breit speien, Quatsch, speisen will: Der kommt an einem Besuch bei »Chez Paul« nicht vorbei.

»Wir sind in der falschen Umlaufbahn!«

Ein Schweinsgalopp durch die Vorsaison

Hamburg.

Nichts wie weg hier! Der TÜV! Der Vermieter Schulz! Das Finanzamt! Behördenkram! Mein Steuerberater stellt immer so komische Fragen: »Wo ist denn der Kontoauszug Nr. 5 Blatt 3? Und was haben Sie nun im Januar verdient?« Brutto, Netto, Tara – was weiß denn ich!

Der Doktor hat ebenfalls seine Sachen erledigt und sitzt jetzt bleich auf dem Beifahrersitz. Bleich, weil ich vor Behördenzorn 100 Sachen fahre. Bei 90 liegt des Doktors Speigrenze. Ist jetzt auch schon egal.

Jetzt wird in den Süden gefahren und dort das Abklingen der Kälte in Deutschland abgewartet. Wegen Flugangst mit dem Auto.

Erste Station im Fränkischen.

Deutsche Hotellerie ist klasse. Wenn man einschläft, riecht es nach WC-Stein, wenn man aufwacht, nach Gulasch. In den Zimmern gibt es Lampen, die Geschwüren nachempfunden sind. Aber man hat ja schon viel erlebt, und es kostet jedesmal nur 100 Mark. Man muß bloß die Suite betreten, den Tumor anknipsen und schon sind hundert Mark weg. Das scheint der »Dachverband der unteren Hotellerie mit Geschwürlampen und Gulaschgeruch« (DduHmGuG) so beschlossen zu haben.

Danke, Dachverband!

Neben der Schankstube ein kleines Aquarium. Darin sehr viele Forellen. Eine Maschine, die sogar noch auf dem Zimmer im zweiten Stock vernehmbar ist, prügelt den armen Kreaturen Sauerstoff ins Wasser. Rund um die Uhr Licht und Lärm. Die Fischlein kucken schon so komisch. Beschließe, nie mehr Forelle zu essen.

Großplakatierte Sonderaktion im Wirtshaus: Fränkische Köche bereiten zu, was fränkische Bauern ernten.

Auf der Karte Sacmpicocktail.

Gesegnetes Franken. Mit dem Doktor über die Wirtschaftskrise debattiert.

Österreich.

Dank des Doktors Speipolitik nur bis an den Brenner herangetastet. Schnuckeliges Hotel mit Klo auf dem Gang (100 Mark). Warum eigentlich nicht gleich über den Hof und 200 Mark?

In der Schankstube der Besitzer-Opa und sein Enkel. Gehen Waffenkatalog durch. »Die hat der Pappa aa!« »Jo, dös is a Manschester! « »Und die da, die Walther, die kaufn ma aa!« »Jo, das kann man alles kaufen, wenn man recht viel Geld verdient!« Der Großvater wird seinem Enkel schon das Nötigste beibringen, nämlich wie man mit Zimmern ohne Klo recht viel Geld verdient, damit man noch eine Manschester kaufen kann.

An meinen Opa gedacht. Der mußte vors Elterntribunal, weil er uns nicht nur Skat, sondern auch die dabei anfallenden Sprüche lehrte. Hätte ich diesen österreichischen Opa gehabt – ich wüßte heute sofort, wo Auszug 3 Blatt 5 ist. Und was ist aus mir geworden? Hannemann, geh du voran. Kreuz mich tot und piek mich selig. Der Arsch ist gespalten. Mit dem Doktor über die Wiedervereinigung debattiert.

Italien.

Anfahren einer Tankstelle. Kleine Schlange, vor uns ein Laster voller Surfbretter. Der Doktor: »Ach, nehmen wir die nächste Tankstelle. Das dauert doch, bis die Boote alle vollgetankt sind ...« Ja, langsames Fahren auf endloser Strecke zieht Gedankengänge nach sich und macht klug. Dann ein Transporter voller Schafe neben uns. Sind gestapelt, regelrecht aufeinandergestellt. Schauen gequält durchs Gitter. Schmerzhaftes Reißen in Herzgegend. Beschließe, nie mehr Lammkotelett zu essen.

Hotel direkt am Meer. Große Suite für 75 Mark. So gehts doch auch. Salat und Nudeln gegessen. Mit dem Doktor über das Schlachtereiwesen debattiert.

Italien.

Aufgewacht und die Sonne flutet. Drei große Fenster zum Meer. Frage: Wie wäre man wohl, blickte man jeden Morgen solch ruhige, schöne Ewigkeit? Antwort: Wahrscheinlich anders.

Bari. Fähre nach Patras. Erst werden die Trucker hereingewunken. Ein erhabenes Schauspiel. Die Fährenleute schreien und pfeifen, die Trucker blicken bei schwierigen Parkmanövern ganz besonders gelangweilt über ihre »Olaf«- und »Axel«-Schilder. Dann werden die kleinen Autos auf ihre Plätze gebrüllt. Offenbar muß man auf Schiffen so viel schreien, weil einem sonst keiner zuhört. Die Welt ist quasi ein Maschinenraum. Der Doktor erhofft starken Seegang. Ja, bei 100 Sachen auf der Autobahn kotzen, aber bei Windstärke 9 glücklich und zufrieden im Sesselchen sitzen und grüngefärbte Menschen beobachten – das kann er, der Doktor. Im Salon wird der Fernseher auf »Brüllen« gestellt, und die Trucker spielen Karten. Mit dem Doktor über sinnvolle Beförderung von Transportgut debattiert.

Griechenland.

Das ist ja alles sehr nett, aber plötzlich stellt sich die alte Nervensache ein. Es gibt nur zwei Möglichkeiten: Entweder sie verliert sich von alleine, oder wir müssen zurück nach Hamburg. Denn ich will nicht zum fremden Arzt: wenn es schon sein muß, dann zu meiner Hautärztin. Ich komme immer mit fertigen Diagnosen zu ihr (meine letzte lautete: »Sie werden es nicht glauben, aber ich habe eine Bromakne!«), und sie behandelt mich stoisch gegen meinen eigenen Befund. Aber vielleicht verschwindet das Nervenleiden ja auf Kreta. Mit dem Doktor über Inseln debattiert.

Kreta.

Wegen Nervenschmerz unkonzentriert. Durch Zufall in der Nähe von Matala gelandet, wo früher die Hippies in den Höhlen lebten. Im Winter eine Geisterstadt. Ein wunderbares Fleckchen Erde, heruntergekommen, zusammengehagelt. Im Wirtshaus setzt sich ein älterer Herr zu uns. Er sieht nicht nur aus wie Alf, er ist auch so anhänglich. Alf erzählt uns jeden Abend von den alten Zeiten, als er sich gemeinsam mit den Hippies in seinem Hotel die Leber ruiniert hat. Inzwischen findet er es gut, »daß die weg sind«. Auch wenn sein Hotel nicht mehr so gut geht. Dafür ist die Leber wieder in Ordnung. Er verbringt den Winter damit, im Restaurant seines Sohnes zu sitzen und Gäste zu alfen.

Auf der Landstraße ein Hasentransport. Alle weiß. Der Fahrtwind zaust das Fell, Augen sind aufgerissen, es herrscht ein verzweifeltes Gemümmel an Bord. Starkes Reißen in der Herzgegend. Nie wieder Hasenbraten.

Wegen der Krankheit Fähre nach Ancona gebucht. Höre das schmatzende Geräusch, mit dem die Reederei das Geld von meinem Konto saugt. Auszug Nr. 14, Blatt 3. Starkes Reißen im Portemonnaie.

Ein neuer Alf taucht auf, heftet sich an des Doktors Fersen und unterrichtet ihn ständig über Knoten, Windrichtung etc. Der Doktor verschanzt sich in der Kabine. Auf der Fähre gibt es ein Casino. Erster Rückfall seit meiner »Wiesbadener Periode«.

Mit dem mutig alftrotzend zurückgekehrten Doktor über die anderen Passagiere hergezogen.

Italien.

Schöne Scheiße: Das Leiden ist weg. Was nun? Wir wollten doch bloß in den Süden, überwintern. Also Richtung Portugal.

In der Toskana schneit es.

In Frankreich die guten Hotelketten, wo man für 50 Mark ein Doppelzimmer mit Frühstück und ohne Geschwüre bekommt. Abendessen in Anwesenheit einer jungen asiatischen Sportlertruppe. Alle essen Steak mit Spaghetti. Unmengen von Spaghetti. Unsereins wurde nach einigen solcher Mahlzeiten nicht mehr über auch nur eine Hürde kommen. Wahrscheinlich noch nicht mal im Auto über den Brenner. Mit dem Doktor über Ernährungsphysiologie gesprochen.

Baskenland.

Furchtbares Bilbao. Schon einmal dagewesen, heute wiederholt sich die Prozedur: Es ist bereits dunkel (und wenn es im Baskenland erst mal dunkel ist, dann ist das da aber dunkel!), und man findet in Bilbao kein Hotel! Nie! Wahrscheinlich ist es zu dunkel. Ein Hotelschild in der Ferne leuchten gesehen, aber wegen Dunkelheit nicht hingefunden. Wer weiß, was hinter Bilbao kommt, vielleicht das ultimative Ofenrohr. Also Rückzug in Richtung Frankreich. Neben der Autobahn dampft und glüht Industrie. Dann pestilenzartiger Gestank. Als hätte einer das Auto innen mit gegrillten Hähnchen ausgekleidet. Da, ein großes Fabrikgebäude mit der simplen Aufschrift »Pollo«. Was zum Teufel machen die da drinnen um diese Zeit? Gießen altes Bratfett in Hähnchen-Förmchen? Dieser Gestank! Wenn die mal einen Betriebsausflug mit Restaurantbesuch machen, muß danach wahrscheinlich die Schankstube weggesprengt werden. Starkes Reißen im Speizentrum. Nie wieder Hähnchen. Hoffentlich kommt jetzt nicht auch noch ein Gemüselaster vorbei, in dem Möhrchen und Rübchen auf das Bestialischste und Infernalischste zusammengepfercht sind, denn was kann ich dann noch zu mir neh ... (Gedankengang wegen Blödheit abgebrochen und verworfen). Und zum Abendessen brüllt der Fernseher.

Fahrt durch Spanien. Es wird warm. Auf der Höhe von Salamanca zwingt mich der Doktor, in ein kleines Dorf abzubiegen. »Wir müssen so oder so an einen

Geldautomaten!« Meine Sachkenntnis (»Du glaubst doch nicht im Ernst ... Wir sind hier im tiefsten Spanien ... in den Sechzigern sind hier noch die Tagelöhner verhungert ...«) stößt auf Granit. Gut, dann geb ich dem Doktor »Geldautomat«. Ein kleines Dorf. Die Sonne strahlt, aber im Dorf ist es dunkel. Dunkler als in Bilbao, wenn das eine Hotel sein Leuchtschild ausknipst. Die Hälfte der Ruinen sind Häuser. Kirche, Platz, ein kleiner Laden. Auf Krücken schleppt sich ein Lahmer über die rumpelige Hauptstraße. Ein Schwachsinniger betrachtet das Auto. Neben der Straße sitzt ein alter Mann und rührt sich nicht. Darüber Staub und eine dunkle Sonne. Starkes Reißen im Fluchtzentrum. Wir sind in die falsche Umlaufbahn geraten und nun auf dem Planeten Elend. Geldautomat. Was für eine Schande.

Danke, Doktor!

Portugal, Guarda.

Kalte, schöne Stadt. Portugal liegt im Zentrum Europas. Das glaubt man jedenfalls sofort nach Überschreiten der spanischen Grenze. Wenn auch zum Abendessen der Fernseher brüllt, scheinen die beiden Nachbarn nicht viel miteinander gemein zu haben.

Höchstens die Einstellungsgespräche mit den Zimmermädchen: »Und denken Sie immer daran: Der Gast liebt es, wenn er früh von dem vitalen Geschrei des Personals geweckt wird! Wenn Ihre Kollegin am anderen Ende des Flures arbeitet und Sie ihr etwas Unwichtiges mitzuteilen haben – nicht hingehen! Hörweite ist überall!«

Mit dem Doktor auf der Fahrt nach Algarve darüber diskutiert, warum unser Jahrhundert nicht einfach »Zeitalter des Lärms« genannt wird. Massenaufkommen von Auto, Radio, Autoradio und Fernseher; zwei Weltkriege, die einen gewaltigen Radau produzierten, Open-Air, Supermarktberieselung – man kann doch keinen Schritt tun, ohne daß einen nicht irgend etwas anblafft oder zudröhnt. Schlage vor, 1994 zum »Jahr des Krawalls« zu machen. Schirmherrschaft: alle portugiesischen Zimmermädchen.

Estoril. War mal was Besseres. Im zweiten Weltkrieg verteilten sich deutsche und alliierte Spione auf zwei Hotels. Abgehört wurde alles, was eine Leitung hat. Bizarre Villen, sozusagen in Phantasieuniform.

Algarve.

Endlich die berühmte Algarvearchitektur. Vorne Wasser und im Rücken den original sozialen Wohnungsbau von Gropiusstadt. Hotel mit schwermütigem Portier. Er erzählt von MP-Travelline. Ja, hier müssen sich furchtbare Szenen abgespielt haben. Die Gäste hatten zwar die Möglichkeit, für 100 Mark via Linie nach Hause zu fliegen. Aber da wurde lieber in brütender Hitze am Flughafen randaliert und kollabiert, schließlich hatte man ja schon 499,- DM für 3 Wochen Vollpension, Flug, Mietwagen, Arschlecken und Rasieren abgedrückt. Und deutsch-pauschal sein heißt, sein Dings um des Dings willen durchzuziehen. Möllemann war zufällig auch da.

Abendessen in einem leeren Lokal mit schwermütigem Patron. Endlich mal in *Ruhe* essen. Nach fünf Minuten wirft der Chef seine Anlage an. Nur für uns. Danke, Chef!

Mit dem Doktor über Hörstürze philosophiert.

Algarve – seltsamer Flecken. War Matala verhauen und verhagelt, aber immerhin griechisch, dann ist Portimão mit Hilfe von Beton ausradiert. Neutralisiertes Land. Man kann noch nicht mal sagen, wo auf der Welt man sich gerade befindet.

Hauptsächlich ältere Herrschaften.

Gestern muß ein Truck mit Freizeitanzügen angekommen sein. Hier wie überall.

Kann nicht ein Engel des Herrn erscheinen und alle Fallschirmknitteranzugträger zusammenposaunen? Daß sie sich mal im Spiegel ankucken sollen?

Daß ER es nicht mehr mitansehen kann, wie seine Krone der Schöpfung auf Erden herumrennt? Nämlich wie ein Faschingsprinz, der bereits im ersten Wahlgang durchgefallen ist? Wie ein Papagei von der Reservebank?

Der Doktor hat zu lange im Veranstaltungsprogramm des Hotels gelesen. Er verlangt in regelmäßigen Abständen »Free Barbecue!« sowie »Freizeit für Shopping!«. Wird nicht gewährt. Am Ende kauft er sich noch solch einen Anzug.

Cadíz. Erst das übliche Vorstadtgeplänkel, dann sehr schöne Altstadt. Hier könnte man es ein Weilchen aushalten. Aber nur, wenn es nie Abend würde.

Am Abend lösen sich Wesen gespenstergleich von den Häuserwänden und füllen die Plaza. Spindeldürre, junge Menschen mit merkwürdigen Augen. Dann ein Geschrei: »Du, der Neue aus Berlin kommt nachher auch!« »Hastemal ...?« »Na Bärbel, du bist heute wieda jut druff, wa?« Auf dem Boden ein apathischer Jüngling mit handgemaltem Schild. Korrekte Übersetzung »Ich komme aus Deutschland und hat Hunger«. Junges Mädchen mit blauem Auge und aufgeschlitzter Wange. Die Wesen drehen ihre Runden. Die gleichen Sprüche, die gleichen Augen, das gleiche Elend. Der Doktor beschließt, nie mehr Jugendliche zu essen. Nichts wie weg. Das Auto scheint schon mal vorausgefahren zu sein. Ist jedenfalls nicht mehr da. Die Polizei hat es in »Gewahrsam« genommen, weil jemand die Seitenscheibe eingeschlagen hat. Die Koffer wurden nach eingehender Razzia wieder sorgfältig verschlossen und an die ursprünglichen Plätze gelegt. Wie es halt so hastige Diebesart ist. Danke, Polizei!

Ein dringendes Fax ist abzuschicken. Drum an den Flughafen von Sevilla gefahren. Die Info-Zuständige versichert mir, daß es im ganzen Flughafengebiet nicht *ein* öffentliches Faxgerät gibt. Danke, Expo-Stadt '93! Zugige Fahrt nach Córdoba. Gottseidank fehlt nur das Beifahrerfenster. Dem Doktor verweht's das schüttere Haar. Reparatur, dann Abendessen.

Der größte Fernseher der Welt wird ins Restaurant gerollt. Der Ober stellt auf »sehr laut«, schaut ununterbrochen auf den Schirm und ertastet währenddessen auf dem Tisch den Platz für die Teller. Während des Essens ballert es, Menschen bluten, und Gedärm tritt aus Schurken. Mit dem Doktor aus akustischen Gründen nicht debattiert.

Fax im Hotel.

La Mancha.

Nicht eine Windmühle gesehen, dafür Schweinetransporter. Bruder Schwein drängt sich aneinand', Rüsselchen, Äuglein. Starkes Reißen. Etwas beschlossen.

Frankreich.

Amelie-les-Bains. Kurort. Ein französischer Alf alft uns. Gut, daß der Doktor seine Lehre in Paris gemacht hat. Er muß jetzt übersetzen. Alf erzählt: Er ist Krankenwärter für psychisch gestörte Verbrecher. Die Massenmörder sind die besten. Die sind ganz ruhig. (Der Doktor: »Die habens schon hinter sich.« Alf: »Genau!«) Die anderen Patienten sind zu aggressiv. Vier Mann braucht's, um so einen Zornigen ruhigzustellen. Progressive Ärzte, die beim Dosieren nicht ordentlich zuschlagen, sind Alf ein Greuel.

Narbonne.

Côte d'Azur.

Ventimiglia.

Das Herz geht auf, die Reise hat ein Ende.

Ventimiglia. Schönster Ort Europas. Graue Stadt am bunten Meer. O Nacht, ich nahm schon Kokain. Warum nicht gleich so!

Nach einigen Tagen der Ruhe den Doktor nach Frankreich gefahren, damit er sich in den Geschäften mal wieder so richtig ausparlieren kann. Durch Monaco gekommen. Es gibt Schöneres, aber dieses Meer! Dieses Meer tilgt alle Sünden. Danke, Meer!

(finis reisebus)

Hat's hier gebrannt?

Mein Urlaub begann im Prinzip bereits im Reisebüro meines Vertrauens. Dort wirken zwei stets weinbranddurchweichte Herren, die eine Fahrkartenbestellung Hamburg-Düsseldorf zum eindrucksvollen Slapstick umarbeiten können.

Die Flugtickets waren bereits von der Fluggesellschaft »so weit klargemacht« worden; der eine der

Cognacschwenker hätte sie nur noch ausgeben müssen. Aber unter der stereotypen Versicherung, daß der Spanier seine kleinste Kanarische Insel nicht »El Hierro«, sondern schlicht »Tierro« nenne (»So sagt der Spanier! Glauben Sie mir, gnä' Frau! Ich werde doch alte Kunden nicht belügen«), wurde die Kartenausgabe wegen momentaner Überforderung (»Manchmal sieht man ja den Wald vor lauter Bäumen nicht mehr!«) verschoben.

Drei Tage später hatte schließlich auch meine »Geschäftsstelle« alles im Griff – so viel zum Auftakt, Ambiente muß sein.

Die Kanarischen Inseln stehen nicht zu Unrecht in dem Ruf, daß man beispielsweise auf Gomera von nicht mehr ganz so jungen, aber ziemlich dünnen und leicht modrig duftenden Deutschen angehauen wird: »Heih, bist du neu hier? Und haste mal 'n paar Peseten?« Auf Teneriffa hingegen kullern schwarz-braune Haselnüsse aus den Hammondorgeln, und zwar wie man's braucht, und das an nahezu jeder Ecke. Das ist die Insel, wo bereits zum Frühstück der Cheerleader der Chartergruppe lustige Lieder anstimmt. Nach dem Frühstück sieht man ihn dann – so kurz- und engbehost, daß sich schon die Samenstränge abzeichnen – allerlei Accessoires für den bunten Abend in den Gemeinschaftsraum tragen: Papphüte, Mandarinen für »Nase-Nase«, Klopapierrollen für launige Einwickelspielchen und derlei Dinge mehr.

Und alles, alles, was dort an Volk so herumläuft, trägt Joggingtextilien, also Freizeit, zur Schau. Sucht man die einschlägigen Plätze auf, wähnt man den Musikantenstadl als einen Sonderbeitrag von »Aspekte«. Und hat man seine Hierro-Reise ungünstig gebucht (Weinbrand, Cognac), muß man sich auf Teneriffa sogar eine

Nacht um die Ohren schlagen lassen (Orgelhit: »Warum ist es am Rhein so schön«).

Am nächsten Tag fliegt man eine knappe halbe Stunde lang zum touristischen Mauerblümchen der Canarias. Auf »Tierro« gibt es wenig Bademöglichkeiten, keine Orgeln, hier ist nichts los, außer viel Natur, und die ist prall, karg und verblüffend. Darum sieht man auf Hierro kaum eine Jogginghose. Hier wandert still der Studienrat, dort flüstert ein Rucksackpärchen, und begegnet man mehr als einem Deutschen auf einmal, so ist das allen Beteiligten peinlich.

Beim Aussteigen bekommt man erst einmal einen Schrecken. »Hat's hier gebrannt?« möchte man ausrufen. So weit das Auge reicht: Lavaplatten, rote Erde, schwarze Erde, Geröll und Schotter. Will man auf die andere Seite der Insel, muß noch der Kontrast zwischen rabenschwarzen Serpentinen und blitzblauem Meer verkraftet werden. Irgendwie fühlt man sich verloren in diesen Wassermassen, die nirgends enden, vielleicht ganz weit hinten im Himmel, oder wo die Erdscheibe halt ihren Rand hat, und dann ist man plötzlich in Irland.

Steinriegel, Kühe, im Winter fettes, grünes Gras – alles da, alles wieder gut. Weiter geht's die Serpentinen hoch, in der Mitte ist der Insel höchster Punkt (oder ist das bei Inseln so üblich?). Erst wird es kalt, dann nebelig, ehe sich die Wolken mit Niesel ans Auto heften. Man dreht die Heizung auf. Neben der schmalen Straße drängelt sich ein Urwald. Lianengeflecht an dampfenden Bäumen, alles von grünem Schlick überzogen: Was soll das denn jetzt? Die Weinbrandbrüder haben sich wahrscheinlich doch verbucht, das sind ja die Subtropen! Nur ohne subtropische Wärme. Danke, Cognac-Travels! Sogar das schaffen die: kalt-klamme Tropen!

Nebel und Verwirrung lassen allmählich nach, Sonne und Himmel strahlen um die Wette, und da liegt nun die andere Hälfte der Insel.

Ein spanisches Kirchlein auf dunklem Berg, darunter dehnt sich weit und eben, schwarz und ockerfarben, Schotter – schön ist's hier in Lima! Oder ist das La Paz? Man sollte mal eben sein Reisebüro anrufen.

Rauh ist das Leben auf Hierro, und die Einwohner ähneln ein wenig ihren Steinen. Das ist nicht, was der Tourist für »Spanien« hält. Die Kanaren wurden seinerzeit vom Caudillo finanziell besonders herzlich unterstützt, weil er seine Karriere von Teneriffa aus gestartet hatte. (Dennoch: 500 Männer und Frauen von Hierro haben auf seiten der Republik gekämpft!)

Wie vor gut fünfzig Jahren leiden die Inselbewohner unter den gleichen Problemen. Da ist der Kampf gegen die schwarzen Felsen, gegen die Wasserknappheit im Sommer, für die Bananen- und Orangenplantagen, und da ist vor allem die Arbeitslosigkeit zu beklagen. Hierro hängt sozusagen am Staatstropf. Der Tourismus hat hier noch nicht zugeschlagen, man kann sich auch kaum vorstellen, daß er es jemals tun wird.

Neben einer Heilquelle, die vor allem gegen Akne und Stoffwechselstörungen helfen soll, wurde zwar ein teures Kurhaus gebaut, aber nie in Betrieb genommen. Der verpickelte und verstopfte Kurgast wird weiterhin von der Wirtin eines kleinen Gasthauses direkt gegenüber dem hübschen Investitionsirrtum versorgt. Nicht ohne Grund steht auf Hierro das kleinste Hotel der Welt, was im Guinness-Buch der Rekorde nachzulesen ist.

In den beiden größten Ansiedlungen Hierros, Valverde und Frontera, werden zwar kleine Appartements vermietet, das Gros der Reisenden kommt jedoch in

Ferienhäusern unter, die in den Reiseanzeigenteilen einschlägiger Zeitungen angepriesen werden.

Ein Besuch Hierros ist spannend und beruhigend zugleich. Für die Spannung ist wie gesagt die Natur zuständig; sie ist auf Hierro ebenso stur wie wechselhaft, unbeugsam, geradlinig und geheimnisvoll – verschroben, alles auf einen Schlag.

Und was die Beruhigung angeht: Wer die Nase von Umtriebigkeit, Lärm und dicker Luft gestrichen voll hat und seinen Kopf für einige Zeit in den Sand beziehungsweise ins Geröll stecken will, der findet auf Hierro bestimmt ein Haus mit einem Bänkchen davor, auf dem man – ungelogen und selbst ausprobiert – gute drei Wochen sitzen kann. Und dann schaut man dorthin, wo die Erdscheibe ihren Rand hat, beobachtet die Licht- und Schattenfluten, die über das Meer hinwegziehen und denkt an nichts Besonderes.

Außer manchmal daran, daß sie jetzt eben, Moment, ja, 11 Uhr, genau, jetzt werden bei Cognac-Tours gerade die ersten Erfrischungen gereicht.

Vom Glauben

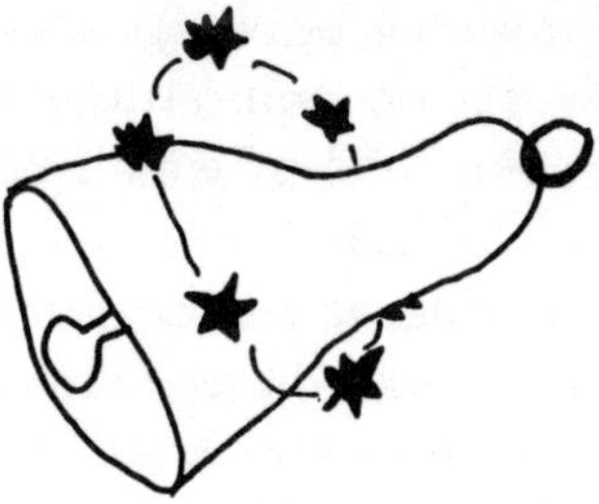

Ich denke oft an Nell-Breuning

Es war eine der ergreifendsten Liebesgeschichten dieses Jahrhunderts – ich und Oswald von Nell-Breuning. Er galt nahezu hundert Jahre lang als Deutschlands begehrtester Junggeselle und Maskottchen der Katholischen Soziallehre, während ich als junges, unbekanntes Ding in einer großen Satirefabrik am Pointenband als Sortiererin arbeitete. Und die Arbeitsbedingungen der werktätigen Klasse waren ja die Domäne von Oswaldo, wie ich ihn gerne wegen seines südländischen Akzentes nannte.

Wir lernten uns nachts auf der Straße kennen. Ich kam gerade von der Arbeit, niedergeschlagen, bedrückt, er pfiff mir auf der Zeil hinterher. Ich drehte mich um, da stand er: groß, schlank, rabenschwarzes, wildgelocktes Haar, Soutane. Spontan faßte ich Vertrauen zu dem Gottesmann. Und keine halbe Stunde später saßen wir in einer kleinen Stadtteilkneipe und quatschten uns die Biographie aus dem Leib. »Du gestatte – ich Oswaldo von Nell-Breuning, hasse von mir sicher Buch übber Soziallehr gelese!«

Hatte ich natürlich nicht, da ich schon vor Jahren mit der katholischen Kirche gebrochen hatte. Aber Waldo gab mir den Glauben zurück, und nach der fünften Nummer war ich bereit, mich wieder taufen zu lassen. Oswaldo war ein wunderbarer Lover. Das ist nicht unbedingt eine Selbstverständlichkeit bei einem Jesuiten. Ich will hier nicht ins Detail gehen, aber Waldo war ein Meister der Stimulation. Leider lehnte er den Gebrauch von Präservativen ab, »Papst hat verbote mit Gummi«, und wir mußten etliche Abende darüber diskutieren. Ich konnte es einfach nicht begreifen, daß ein derartig aufgeklärter Priester sich dem Kondom verweigern wollte. Ein weiteres Problem war mein Sicherheitsstreben. Doch Waldo lehnte einen Eheschluß strikt ab: »Hochzeit komme ni in die Tüt, bin schließlich Pfarrer!« Ich tat mich sehr schwer mit diesem Problem, aber dann siegte doch mein Verständnis für Waldo, der seinen Beruf so sehr liebte und voll in ihm aufging. »Tschuß, musse weiter su Frauengrupp in andere Stadtteil. Musse betreue, arf arf!«

Ja, sein Humor war von Gold. Stundenlang konnte er auf dem Balkon meiner kleinen Wohnung stehen und Blondinen nachpfeifen. Wenn sie entrüstet hochschauten, rief er immer übermütig hinunter: »De Herr sei mit dich!« Dann prusteten wir oft minutenlang vor Lachen, bis wir schließlich wieder ins Bett gingen. Ich hatte einen hohen Respekt vor Waldos Potenz. Immerhin war er doch schon über hundert Jahre alt! Aber sein Körper war der eines, na, sagen wir mal Fünfundzwanzigjährigen. Und Waldo machte sich oft von den Terminen der katholischen Hochschule frei – nur für mich. So manche Vorlesung oder manches Seminar ließ er fahren, um bei mir sein zu können. »Habe Studente nach Haus geschickt«, sagte er dann pfiffig, obwohl ich wußte, daß die Studenten doch sowieso in dem Institut wohnten.

Waldo sprach nicht gerne über seinen Beruf. Wenn ich etwas speziell Katholisches von ihm wissen wollte, antwortete er immer ausweichend. So fragte ich ihn einmal, wie es sich mit dem Dogma der Unfehlbarkeit verhielte, und Waldo antwortete: »Dogme? Dogme? Neulich vor Aldi war großes Dogme an Leine angebunden. Hab mich ni getraut rein in Türe.« Spätestens da hatte ich begriffen, daß Waldo in seiner Freizeit nicht mit seinen Alltagssorgen belästigt werden wollte.

Da drang ich dann nicht weiter in ihn, auf alle Fälle seltener als er in mich. Wir waren wie die Turteltauben. Wann immer er mich besuchte, brachte er mir ein kleines Geschenk mit, meistens eine Pizza oder einen Thunfischsalat aus der Pizzeria, in der er nebenher arbeitete. »Um ni verliere den Kontakt zu Arrrbeiterklasse.« Das imponierte mir ungeheuer. Was dieser Mann alles leistete! Er schrieb dicke kluge Bücher über Soziallehre, er hielt Vorträge, Vorlesungen und Seminare, er buk Pizza und bereitete Thunfischsalate zu, und dennoch besuchte er mich fast jeden Tag. Unsere harmonische und erfüllende Affäre dauerte 3 Monate. Dann plötzlich teilte er mir mit, daß er versetzt worden sei, nach Köln. Er solle dort als bischöflicher Berater wirken. Natürlich war ich traurig, aber er heiterte mich auf seine unnachahmliche Art sofort wieder auf: »Werde deine Arsch nie vergesse, Baby.«

Und dann war er fort. Er schrieb mir nie Briefe oder Karten, wahrscheinlich fraß ihn die neue Aufgabe mit Haut und Haaren. Ich bin ihm darüber nie gram gewesen. Als ich dann im Radio hörte, daß er große alte Mann der Katholischen Soziallehre, Oswald von Nell-Breuning, im Alter von 101 Jahren gestorben sei, da war mir, als sei ein Stück von mir gestorben. Und am Tag seiner Beerdigung erschien auch ich auf dem Friedhof. Ich wollte ihm zum Zeichen des Abschiedes und meiner großen Liebe eine Pizza hinterher ins Grab werfen. Aber man ließ mich gar nicht vor. Ich saß auf dem Friedhof neben einem wunderschönen Marmorengel und aß einsam die Pizza. Und meine Tränen netzten die Salami. Da hörte ich hinter mir ein leises Zischen. Als ich mich umdrehte, erblickte ich einen hochgewachsenen, jungen Kardinal. Ganz unkompliziert setzte er sich sofort zu mir und reichte mir ein Kleenex. Dann stellte er sich mir vor: »Bin ich Höffner. Gehe wir zu dir oder zu mich?« Dies war zwar der Beginn einer sehr schönen Liebesgeschichte, aber meinen Waldo und die Erinnerungen kann mir niemand nehmen. Ich denke oft an Waldo, und oft sehe ich ihn vor mir: in einer kleinen Pizzeria. Dort arbeitet ein junger Italiener, der gleicht aufs Haar meinem lieben Oswald von Nell-Breuning.

1991

Warum wir Ostern feiern

Angsterfüllt duckte sich der kleine Jesus unter einen Hollerbusch. Die Hörner der Pharisäer schallten klirrend durch den Abendnebel, und das Gebell der Schriftgelehrten kam näher und näher. Jesus riß erschrocken die runden Äuglein auf, und seine Ohren wechselten ruckartig die Lauschrichtung. Er zitterte am kleinen Leib. Um sich zu beruhigen, begann er, sein von der Flucht verschlammtes Fellchen zu reinigen. Nervös stellte sich Jesus auf die langen Hinterläufe; da der Erdboden uneben war, verlor er ein wenig das Gleichgewicht, und eilig trat er mit den Füßchen auf dem Moos umher, bis die Balance wiedergefunden war. Die Ohren drehten sich dem Klang der Häscher entgegen, und als wolle er das friedliche Leben und die vergangene Ruhe beschwören, schleckte sich Jesus mit der rosigen Zunge rasch über die Schlammkruste auf dem Bäuchlein, das früher von schneeweißem Schimmer gewesen war.

Er zupfte sich einen kleinen spitzen Strohhalm vom Füßchen; der kleine spitze Halm hatte ihn auf dem langen, langen Weg über die Lichtung immer wieder gestochen und gequält, aber der Schmerz hatte Jesus noch schneller laufen lassen, vor Angst und Schreck hatte er die größten Haken geschlagen und so die blutgierigen Schriftgelehrten für kurze Zeit abschütteln können. Aber er wußte, daß er nicht länger unter dem Hollerbusch bleiben konnte. Die Pharisäer würden nicht eher Ruhe geben, bis sie ihn umzingelt hätten. Tuuuu-uh! Tuuuu-uh! stießen die Hörner auf der Lichtung hervor. Jesus zuckte zusammen und machte sich noch kleiner. Er legte die Ohren an, und seine Nase mümmelte verzweifelt die Waldluft in den angespannten Körper. Jetzt gleich mußte er weiter. Er mußte wenigstens bis zum nächsten Hag gelangen. In den dornigen Hag würde er sich werfen, da trauten sich selbst die grausamsten Schriftgelehrten nicht hinein. Aber der Hag war so weit entfernt, und zwischen dem Hollerbusch und der schützenden Hecke lag ein weiter, freier Acker.

Jesus versuchte, seine Todesangst zu bezähmen. Er mußte jetzt unbedingt die Nerven behalten. Tuuuu-uh! Tuuuu-uh! Sie kamen auf die Lichtung! Jesus schloß verzweifelt die Augen. Er wollte nach Hause. Er wollte wieder wie früher sorglos über eine Wiese hoppeln, und die Mutter würde ihm zeigen, welche Kräutchen besonders gut schmeckten und von welchen man lieber die Zähnchen ließ. Er erinnerte sich plötzlich daran, wie er einmal in eine Schafgarbe gebissen hatte und wie erschrocken er durch die Wiese gehüpft war, als er den bitteren Geschmack im Mund spürte. Und er sah die alte Kordel vor sich, die er, Jesus, mit einem anderen Hasenjungen drei Stunden lang über den Acker gejagt hatte, sie hatten gezogen und gezerrt, und dann lag das Knäuel still, und sie stupsten es von Furche zu Furche, bis die Mutter nach ihnen rief.

Ach, warum bloß mußte Jesus hier angsterfüllt unter dem Hollerbusch sitzen und auf die Bestien der Hohenpriester warten? Seine Mutter hatte ihn immer gewarnt. Rasch klopfte Jesus mit dem Hinterfuß auf den harten, kalten Boden. Aber da war keiner in der Nähe, auch nicht einer, den er hätte warnen müssen. Er war ganz allein. Nur er war auf der Welt, klein, mit Schlamm beschmiert unter dem Hollerbusch, und ringsherum gab es nur die Pharisäer, die mit ihren metallischen Hörnern die Schriftgelehrten auf ihn hetzten. Wo waren all die Hasen, denen er geholfen hatte? Warum half ihm niemand? Und wo war seine gute alte Freundin Gabi Magdalena Schneider?

Er hatte es immer nur gut gemeint mit den verstoßenen und unterdrückten Hasen, die keine Selbstachtung mehr im kleinen Leib hatten und darüber sehr böse geworden waren. Er hatte die Welt nie gehaßt, und auch nicht die bösen Hasen. Selbst die brutalen Schriftgelehrten konnte er nicht hassen; sie liefen ja nur so gierig hinter ihm her, weil die Pharisäer es sie gelehrt hatten. Und die Pharisäer mußten so bösartig sein, weil sie niemanden auf der Welt hatten, der sie auch nur ein bißchen mochte. Und es mochte sie niemand, weil sie so bösartig waren.

In Jesus' kleinem Kopf wurden die Erinnerungen und Gedanken immer wirrer und unordentlicher, er zitterte so stark, daß er gleich darauf nichts mehr denken konnte. Er hörte nur noch das Tuuuu-uh! Tuuuu-uh! Immer näher hörte er es, und dann sah er den ersten Schriftgelehrten! Dem lief der Speichel aus dem Maul, und die Zunge hing sabbernd über den Unterkiefer. Besinnungslos vor Angst schoß Jesus wie ein Blitz aus dem Hollerbusch. Er hörte seine eigenen Läufe über den erstarrten Ackerboden trommeln, er sah den rettenden Hag vor sich, rings lärmten die Verfolger, plötzlich tauchte vor der Hecke eine Gruppe laut schmetternder Pharisäer auf. Er war umzingelt.

Da setzte sich Jesus in eine kleine Furche und weinte. Ein Schriftgelehrter packte ihn am Nacken und schüttelte ihn wie eine nasse Maus. Sie trugen ihn auf einen Hügel und kreuzigten ihn. Blut lief über das Fellchen, das früher so schneeweiß geschimmert hatte, und zum Triumph schnitten sie eine Pfote ab.

Und zur Erinnerung an den kleinen Hasen Jesus feiern wir jedes Jahr Ostern. Wir färben Eier, suchen sie dann auf Lichtungen und unter Büschen und bringen unseren Lieben den Kaffee ans Bett.

Die Pfote aber wurde aufbewahrt von Generation zu Generation und wanderte schließlich in die Ballethose von Rudolf Nurejew.

Die Pfaffen müssen weg!

In letzter Zeit häufen sich Prozesse gegen Priester, die über ihre Ministrantinnen hergefallen sind. Es existiert sogar ein Foto, welches einen geweihten Bock aus dem Odenwald zeigt, der genüßlich auf der Pritsche liegend zwei seiner Opfer mit einem Gesichtsausdruck betrachtet, den man vornehm nur als »soeben befriedigt« bezeichnen kann. Was ist los in der katholischen Kirche? Ich werd's Ihnen mal psychologisch fundiert erklären: Also.

Ein Gottesmann – nennen wir ihn im Folgenden der Eindeutigkeit halber Pastor Penis – Pastor Penis also ist ein junger, gottesfürchtiger und verpickelter Bursch'. Seine Eltern sind streng, etwa so streng wie der Geruch, der stets unter den Achseln des jungen und schüchternen Penis hervorquillt. Auch aus dem Halse stinkt's nicht schlecht, und so bekommt Penis natürlich keine ab, noch nicht mal in der Tanzstunde. Er beschließt, auf die Weiber zu pfeifen. Aber damit es nicht so kommt, daß die Leute auf der Straße hinter ihm hertuscheln: »Da kommt wieder Penis, der hat keine abgekriegt«, geht er dahin, wo man keine abgekriegt hat und sich damit auch noch wichtig und dicke macht: Ab ins Priesterseminar!

Das ist eine herrliche Zeit. Weit und breit keine Weiber, und jeden Tag, den der Herr ins Land ziehen läßt, erzählen sich die jungen Burschen, wie klasse es ist, so ganz ohne Frauen. Dann kommt die Zeit der letzten Prüfungen und ersten Gelübde, und Penis ist's zufrieden. Der Bischof schenkt ihm eine schöne kleine Pfarrei mit vielen kleinen Mädchen, und dann geht's los. Jetzt hat's unser Pastor doch mit Frauen zu tun. Da ist die flotte kleine Religionsassistentin, da ist der Gesangskreis junger katholischer alleinerziehender Mütter; Penis faßt es nicht: Weiber, soweit das Auge reicht! Das ist ein Hammer! So hat er sich das im Seminar aber nicht vorgestellt!

Dem Gottesmann wird's ganz mulmig unter der Albe. Wenn das der Bischof wüßte! Verzweifelt wälzt sich Penis des Nachts in seinem Kämmerlein. Der Samenstrang pulsiert ihm bis zum Halse. Das Vaterunser kommt nicht mehr ganz so inbrünstig, eher brünstig marschiert er am Altar auf und ab. Neben ihm die kleine Sonja; unschuldig reicht die Kleine dem immer ausgebeulter werdenden Pfaffen das ganze Zeugs, das man so für eine in der katholischen Kirche üblichen Wandlung von Brot zu Wurst und Wein zu Blut etc. braucht. Dem Penis schwillt der Kamm. Die Samenblase tickt.

Rasch wird die Messe abgebetet. Dann geht's ab in die Sakristei. Alle ziehn sich um. Die Ministrantenkostüme werden sorgsam in den Schrank gehängt. Und wenn man sich vorstellt, daß diese jungen Dinger unter Pulli und Jeans so richtig nackig sind! Mit allem drum und dran! Dem Penis wird ganz schwindelig! Wir Fachleute nennen das eine ekklesiogene Neurose bzw. Überdruck. Pastor Penis nun scheißt auf Seminar, Bischof und Heiland und läßt die kleine Sonja zu sich kommen. Steht ja schließlich auch genau so in der Dings (der Name ist ihm kurz entfallen), na, Bibel! Genau! Hat der Heiland gesagt: Lasset die Kindlein zu mir kommen! Na, kleine Sonja, was machst du denn mit dem angebrochenen Sonntag? Und was hast du heute für einen schönen (schluck, gurgel, röchel) Pullover an? Der sieht ja so weich aus! Darf ich den mal anfassen? Natürlich darf Penis mal Sonjas Pulli anfassen – er ist ja schließlich Gottesmann! Und wie er den anfaßt! Und wie weich der ist! Und wie hart der seinerzeit mitgeweihte Ballermann! Und dann darf Penis noch ganz oft Sonjas weichen Pulli anfassen und die weiche Jeans…

Das Ende vom Lied: Sonja versucht irgendwann später mal, sich um die Ecke zu bringen. Weil sie sich so schämt. Pastor Penis aber frohlocket und reibet und nudelt und macht, denn da sind ja schließlich auch noch Heike und Katrin und Sibille, und – Himmelarsch – haben die erst weiche Pullis! Ja, so geht's zu. Lasset uns beten. Ite, missa est. Amen! Bzw. Samen!

Herr, laß Abend werden!

Chronik einer Heimsuchung

Ruhig liegt die Stadt. Es geschieht nur, was immer geschieht: Straßenbahnen schaukeln halbleer durch die verschissenen Straßen, die Banker machen ihre Schnäppchen, die räudigen Einwohner trinken auf harten Bänken Stinkekäs und urinieren »Äppelwoi« in die verwilderten Vorgärten. In diesem Augenblick beschließen 1 500 000 Protestanten, vom 17. Juni bis 21. Juni ihren religiösen Riemen in Frankfurt durchzuziehen.

17. Juni

Auf der Zeil werden die ersten Querflöten verstimmt. In Großraumwagen fluten junge, bärtige Männer und Frauen vom Lande in die Stadt. Alle Glocken läuten. Jeder mürrische Frankfurter bekommt zwei Pfadfinder, zwei Pastorenfrauen und einen Heinrich Albertz zugeteilt. Geordnet singend, marschieren Horden mit lila Tüchern (Frieden) und gelben Schlipsen (Apartheid) zu Fuß (Birkenstock) auf den Römerberg. Die alte Frage: Wo kann man hier mal beten? ergibt sich von selbst.

18. Juni
Die Straßenbahnen sind überfüllt. Lächelnde Menschen drängen sich liebevoll dampfend aneinander. Hie und da sitzt ein mürrisch-zerquälter Miesepeter verkniffen auf seinem Sitz. Ein Frankfurter. Die Glocken läuten. Alle haben sich lieb. In den Frankfurter Justizvollzugsanstalten werden die Gefangenen unruhig: Meister, welchen Psalm soll ich anstimmen? Fremde Jugendliche tünchen sich die Gesichter weiß, steigen auf Kisten, predigen in tausend Zungen. Und spielen dazu Querflöte.

19. Juni
Die Frankfurter müssen ihre Stinkekäsvorräte teilen, die karge Flaaschwoscht (Fleischwurst) wird ihnen weggegessen, und da ist nichts mehr, was sie in die Vorgärten schlagen könnten. In den guten Stuben beten sich Bärtige warm. Alle halbe Stunde läuten die Glocken halbstündig. Menschen singen in überfüllten Straßenbahnen. Alle fahren zur »Messe«. Die Hallen sind mit buntem Kreppapier geschmückt. An runden Konferenztischen sitzen Behinderte aller Art. Man kann sich zwanglos dazusetzen. Schmucke, schielende Pastorenfrauen und bartvoll-transzendente Schlappenträger treten sich wechselseitig auf die guten Megawund-Sakralsocken. Ohne Erfolg. Begegnungsstände schießen wie Pilze aus dem Boden. Juden treffen Christen, Quäker treffen Organisten, Nonnen treffen Konfirmanden, man findet Gefallen aneinander, ein Orgelton gibt den

anderen. Die ersten Scheiben klirren. Junge Jugendliche schwärzen sich die Gesichter weiß. Alle sind bärtig. Auf der Zeil werden die ersten Penner in die Progression bespendet.

20. Juni
In Frankfurts Straßen wird geglaubt, daß die Schwarte kracht. Ein Einheimischer bezeichnet Jesus als »windelweichen Wassertreiber« und wird grausam niedertoleriert. Die Frankfurter kennen jetzt schon 12 Kirchenlieder. Das Auschwitzoratorium ist vorüber. Betroffen gehen alle zum Apartheidsjazz. Das Tuttigeläut bricht ab. Solidaritätsschweigen für Hiroshima. Nur ein Frankfurter lacht dazwischen. Sägen singen auf der Zeil: Drei Schwestern begleiten einen Bambushornisten. Jäh bricht Bewegung aus: der Behinderte schwule Neger Alfons verliert sein Holzkreuz. Die Suche bleibt empfängnislos. Kaum drei Minuten später meldet sich ein buddhistischer Taschendieb auf Wache 3. »Hier ist dem Alfons sein Holzkreuz«, wimmert er, »ich nahm es aus niederreligiösen Beweggründen.« Rasch erteilt ihm Oberkommissär Baciles die Absolution. Alle bekommen Bart. Die Frankfurter staunen.

21. Juni
»Das Leben, ein Schleim?« lautete die metafickrige Botschaft von Pastor Flannigan. Und alle, alle weinen mit. Laut singen die Sägen durch die jugendlichen Straßen. Der Eschenheimer Turm erstrahlt im lila Glanz. Die Geschäfte sind leer. Am Hauptbahnhof wird von jugendlichen Gewaltchristtätern demonstriert. Betende Marodeure durchstreifen die Stadt. Vor dem Struwwelpetermuseum beten Schuppenträger um Befreiung. Alle packen ihre Klotten aus den guten Stuben. Auf geht's

zum allerletzten Kick: Abschlußgottesdienst mit Pastor Puschel. »Immer nur Disco, das kann es doch auch nicht sein!« skandiert er. »Man will doch auch mal tanzen!« Und alle hinterher. Hinein in den IC »Münchner Kindl« oder »Theodor Storm«, aber in die unverwüstete Heimat.

22. Juni
Eine Stadt, so groß wie das freche Maul ihrer Einwohner. Wohlverdiente Dunkelheit senkt sich auf die geknechteten Mauern. Alle Läden sind leer. Entkräftete Frankfurter streunen über die verwüstete Zeil. Wasser! Wasser! gellt es durch die verpestete Luft. Ein elternloses Kruzifix jammert. Im umgegrabenen Vorgarten liegt eine Glocke, geschändet, bar aller Sinne. Leer ist die U-Bahn. Leer ist die Seele. Ausgebrannt und gehäutet. Der Bürgermeister versucht zu trösten: »Jetzt bewerben wir uns für die Olympischen Spiele – ich rufe schon mal die Jugend der Welt nach Frankfurt.«

Bärtige Frankfurter mit dicken Ringen unter den Augen kellern Flaaschwoscht ein, verscharren Äppelwoi im Garten, schieben verplombte Käskisten unter das Bett der blind-taub-geruchlosen Pflegetante. Und fragen sich, auf welchem Sofa die australische Sprinterriege schlafen soll. Und wohin mit den jordanischen Hammerwerfern.

Eine dringende Warnung ergeht an die Berliner. Ihr steht auf der Liste. Es kommt knüppeldick. Katholikentag & Kirchentag. Holt schon mal die Häuser rein.

1987

Von der Freundschaft

Frau Rettich, Frau Czerny & ich

Eigentlich will ich nur mein Fahrrad abholen. Es ist vor Frau Rettichs Haus angebunden.

Da lehnt sich auch schon die alte Sirene und Schlampe in Personalunion aus dem Fenster und ruft mir zu: »Na, Kleines, willst du nicht auf einen kleinen Kaffee raufkommen?«

Haha.

Auf einen kleinen Kaffee.

Das kennt man ja. Da wird im schweren Fauteuil ein kleiner Kaffee nach dem anderen abgeschläucht, bis daß der Kreislauf eins zu tausend pumpert, und zur Beruhigung nimmt man einen Carlos III ein, und schon ist ein neuer Tag angebrochen, und es heißt, der Frau Rettich einen Rollmops ans Lager zu bringen und ihre unsympathische Katze zu füttern, die einem aus Protest gegen die laute Nacht und aus Eifersucht auf die gute Konversation klammheimlich in die neue Handtasche gepinkelt hat.

»Komme sofort!« rufe ich mit der Kraft der zwei Lemminge zum Fenster empor.

Frau Rettich öffnet im feschen Hauskimono, weist mit glutrot lackierter Kralle in die schummrig-imaginäre Wüstenei ihres Salons, piekt eine einzelne Kralle gen schweren Fauteuil und raunzt: »Bitteschööön!«

So nimm denn deinen Lauf, o Welt. Ich schick mich drein.

Frau Rettich spricht heute wieder drei Oktaven zu tief. Zu tief für eine Frau. Wäre sie ein Baßbariton, es gäbe nichts zu meckern.

Aber so...

Es scheint ihr nicht gutzugehen. Wenn es Frau Rettich nicht gutgeht, artikuliert sie ihre Worte auf keinen Fall in den ordentlichen Phonationsapparaturen, sondern viel weiter unten, noch unter dem Bauch, etwa auf Höhe des Mastdarms. Manchmal beeinflußt der tiefe, tiefe Stimmsitz auch ihre Wortwahl. Jedenfalls klingt es aus dem Mastdarm ungemein eindrucksvoll.

Da fällt mir auch gleich ein Gedicht ein, das ich über den Mastdarm geschrieben habe.

»Frau Rettich, ich weiß ein prima Gedicht über den Mastdarm. Der Mastdarm kommt in der Lyrik immer noch zu kurz, und da habe ich dem armen Wurm ein Gedicht gewidmet. Willst du es hören?«

»Natürlich, mein Goldstück.«

Und weil das Gedichteaufsagen mit großer Peinlichkeit verbunden ist und das Aufsagen eigener Gedichte schon doppelt so sehr, und weil einem die Knie weich werden und die Ohren rot, stelle ich mich in die Finsternis, neben das Klavier, halte mich recht fest und spreche:

Mastdarm! Mastdarm!
Warum bist du

so
arm?
keinen Pfennig,
keine Zotte,
lebst von Brennsupp'
wie ein Schotte.
Mastdarm! Mastdarm!
Ach,
wie bist du
doch
arm.

Frau Rettich lächelt nachsichtig. Ich sage ihr, daß sie nicht so barmherzig lächeln soll; sie habe schließlich auch nicht das Pulver erfunden und schon gar nicht genug Lebenserfahrung, um Literatur ordentlich beurteilen zu können!

Das ist natürlich glattweg großspurig und verwegen, und Frau Rettich kontert auch gleich, sie sei immerhin 13 Jahre älter als ich, habe schon viel gelesen und die Welt gesehen.

»Nenn mir irgendeine Stadt. Wetten, daß ich schon mal da gewesen bin? Irgendeine x-beliebige Stadt«, prahlt Frau Rettich.

»Husum«, sage ich.

Frau Rettich trinkt einen großen, großen Schluck, rülpst leise, wischt sich mit einer lackierten Kralle über den Mund und sagt tatsächlich:

»Husum gilt nicht.«

Ich glaube, ich werde verrückt. Husum gilt nicht! Jetzt geht's aber los. Jetzt schlägt's aber dreizehn. Husum und nicht gelten!

Angefeuert von einem Carlos III brülle ich Frau Rettich an: »Jetzt schlägt's aber dreizehn! Husum giltet nicht, was?«

Frau Rettich hat die Ruhe weg:

»Du kleine, grüne Maus. Du weißt doch noch nicht einmal, wo Husum überhaupt liegt, du Maus.«

»Das verbitt' ich mir! *Ich* war schon mal in Husum! Jawoll! Mein Bruder hatte Heuschnupfen oder irgendeine Allergie, und meine Schwester wollte unbedingt seine Eisportion essen! Mit der Begründung, er sei schließlich krank! Und siech! Und das war haargenau in Husum! Ich weiß es wie gestern! Am grauen Strand, am grauen Meer, und fernab liegt die Stadt! Jawoll!«

Wir schweigen.

»Kompromiß, Kleines. Du sagst einfach: Stuttgart. Da war ich schon mal und habe somit gewonnen. Die nächste Runde geht auf deinen Deckel.«

»Deckel? Deckel? Ich höre wohl nicht recht! Ich bin schließlich hier bei dir eingeladen! Aber nein, gnä' Frau sind ja ein außerordentlicher Knickstiefel und finden das noch nicht einmal peinlich, gegen Ende der Feier die Gäste zu verabschieden mit so peinlichen Worten wie: ›Also, du hattest einmal die große Rettichplatte, das Knabberwerk geht aufs Haus, und dann stehen da noch 634 kleine Bier.‹

Nein, das finden gnä' Frau gar nicht peinlich. Ich aber schon. Saupeinlich finde ich das, einem Gast 634 kleine Bier in Rechnung zu stellen! Das ist Betrug! So viel kleine Bier kann kein Mensch an einem Abend trinken! Höchstens Franz Josef Strauß! Und der kommt gerade *dich* besuchen! Haha!« lache ich künstlich und böse.

Frau Rettich stopft mir den Mund mit Carlos III,

schaut aus dem Fenster und seufzt. Wahrscheinlich denkt sie jetzt an ihren Verlobten.

»Stuttgart«, stöhnt sie. »Eine echte Drecksstadt. Fast so, wie... wie... Husum.«

»Fang nicht schon wieder an!«

Zu unserem Glück klingelt jetzt Frau Czerny an der Türe. Sofort setzt sich Frau Czerny vor den Fernseher und schaut eine sturzlangweilige Reportage über Gewässerschutz gewissenhaft von vorne bis hinten an. Wir müssen mitschauen. Als der Abspann läuft und ein Standfoto noch einmal das Otter-Zentrum von Sindelfingen zeigt, dreht sich Frau Czerny zu uns um und sagt nachdenklich: »Ich finde: Gewässerschutz muß sein. Schon wegen der Fauna.«

Und eine jede von uns hängt besinnlich ihren Gedanken nach.

Im Fernsehen singt jetzt eine südländische Schmalzbacke einen schmierigen Song über Amor und Dolor. Da muß der Frau Rettich unweigerlich ihr glutäugiger Verlobter einfallen.

»Oha!« ächzt sie und schildert uns ganz ausführlich die Wogen, die im Augenblick gemeinsam mit Carlos III ihren Magen durchtosen. Und in pantomimisch-bestätigender Absicht greift sie sich an den kleinen Kugelbauch und kreischt anhaltend.

Erschrocken rufe ich: »Rasch! Bringt Handtücher! Und heißes Wasser!«

Frau Rettich läßt die Arme sinken und schaut mich verständnislos an: »Wozu? Hast du einen Abort?«

»Das will ich hoffen«, nun sind wir endlich beim Thema, »ich fürchte, ich bin schwanger.«

»Bei deinem genetischen Schrott kann's nur ein Zombie werden«, sagt Frau Rettich gnadenlos.

»Wer ist denn der Vater?« erkundigt sich die patente Frau Czerny. »Der Frosch?«

Frau Czerny weiß, daß ich den Meinigen nur »Frosch« nenne. Und ich nenne ihn so, weil er im Schlaf sein breites Maul so befremdlich schön auf- und zuklappt, wie ein Frosch, der eine Fliege einfährt.

Der Frosch. Da heißt es, sich liebevoll und präzis erinnern und nicht so rasch bewegen dabei, weil sonst der Carlos im Kopfe schäumt:

Der Sommer ist vorbei. Der Sommer war sehr groß. Der Frosch hat viele Fliegen eingefahren. Der Frosch hat die gleichen Hände wie ich.

Im Sommer schwamm das Abendrot auf unser Laken, und es sah ganz so aus, als hätte sich einer von uns beiden selbst die Hand gegeben. Da lagen wir still und blickten uns so lange in die libidoweichen Augen, bis die Gier hochloderte und die Kleider verbrannte und uns zu einem glühenden Klumpen zusammenschmolz; und wir fickten, daß die Fetzen flogen und die Straße abgesperrt wurde und der Tierschutzverein besorgt telefonierte, welche Kreatur denn in unserer Wohnung derart ...

»Du bist viel zu jung«, sagte Frau Czerny. »In meinem Alter bezahlt mir die Krankenkasse schon den Mongo-Test. Bei dir aber sollten die nochmal das Abitur abfragen. So viel zu jung bist du für so was.«

Die Frau Czerny sollte lieber still und stumm ihren vierten Carlos trinken und sich da ganz raushalten. Der Ihrige hat ja einen Bart! Einen Vollbart!

Frau Rettich muß an meinem Hirn vorbeigeschwommen sein, denn sie sagt jetzt auch, und völlig zu Recht: »Du mit deinem Bart!«

»Jajaja!« schreie ich: »Erinnert ihr euch an unseren letzten Urlaub? Die ganze Zeit über mußten wir der heimwehkranken Frau Czerny den Ihrigen machen! Unter dem falschen Bart haben wir geschwitzt wie die Eber, und vom Zigarrenschmöken wurde mir so schlecht, daß ich keinen mehr hochkriegte!«

Das ist zuviel für Frau Czernys Selbstironie. Sie lacht kurz und unhöflich auf und sagt: »Dafür mußten wir immer Fliegen kauen. Und ›Hohe Tannen‹ singen.«

›Hohe Tannen‹ ist nämlich das Lieblingslied vom Frosch. Am meisten mag er die Stelle mit »Rübezahl, Rübezahl«.

Frau Rettich erinnert sich: »Da war doch noch ein anderes Lied, das wir immer gesungen haben. Es war von einem Kerl namens ›Martin‹ oder so.«

»Dean Martin.«

»Nein, vorne was mit ›Gary‹.«

»Gary Cooper.«

»Neenee! Seid doch nicht so blöd!«

»Freddy Quinn vielleicht?«

»Ich hab's: Erich Fried.«

»Nein, du meinst Ted Adorno, aber das ist was anderes.«

(Kichern)

»Singt doch noch mal ›Hohe Tannen‹!«

(Überlegen beide)

»Jetzt weiß ich's wieder!«

(Summt)

»Wir können es auch zweistimmig.«

»Genau.«

»Eins, zwei, drei ...«

(Beide kichern)

»Nochmal: drei, vier!«

(Singen: ›Hohe Tannen‹)

Dann ist es still.

Draußen glüht bereits der Himmel. Die Nacht ist zu Ende.

Carlos ist tot. Frau Rettich bringt mich zur Tür: »Kleines, du hattest also sieben Kaffee...«

Noch an den Briefkästen höre ich ihr Lachen. Und mit solchen Schlampen vergeudet man die besten Jahre seines Lebens! Was man sich alles gefallen lassen muß! Husum gilt nicht! Haha!

Morgen werde ich mich bei Gott persönlich beschweren. Oder zumindest beim Papst. Und heute abend hole ich endlich mein Fahrrad. Es ist vor Frau Rettichs Haus angebunden.

1988

Arme Melanie

Melli und ich waren schon als Kinder unzertrennlich, obwohl wir aus sehr unterschiedlichen Milieus stammten. Mellis Eltern waren arm, bettelarm. Meine Eltern und ich waren reich. Doch das hatte keinen Einfluß auf unsere Freundschaft. War das denn wirklich so wichtig, wovon meine Eltern ständig sprachen? Geld? Aktien? Bundesschatzbriefe? Warentermingeschäfte? Für uns Kinder klang das damals wie Chinesisch, und es war uns auch völlig egal, daß Melli beispielsweise zu unserem ersten Schultag selbstverständlich nur halb so viele Süßigkeiten wie ich in der Schultüte hatte, und auch die waren alle bloß von Penny. Wir scherten uns einfach einen Dreck um Mellis Armut. Ich lieh ihr sogar manchmal mein liebstes Federmäppchen aus, das schweinslederne mit dem modernen Tintenkiller. Dann glänzten Mellis Augen, und das war mir der schönste Lohn, viel schöner als die vier Hanutas Leihgebühr. Melli war ziemlich gut in der Schule, ehrlich gesagt war sie viel besser als ich. Ich war eher flatterhaft und spontan, während Melli alles ganz gründlich anging. Ich glaube, sie lernte nur, um ihrer Mutter damit eine Freude zu machen. Die arme Frau hatte es aber auch nicht leicht. Ihr Mann hatte keine Arbeit und suchte auch nicht groß danach. Er trank jeden Tag Bier. Regelmäßig schlug er dann Melli, ihre Mutter und die Wohnzimmergarnitur zusammen. Einmal fiel dabei der rustikale Wohnzimmerschrank um. Mellis Vater war sofort tot. Die kleine, beleuchtete Bar – der ganze Stolz von Mellis Vater – war gesplittert und hatte sich in sein Herz gerammt. Wäre es nicht so tragisch gewesen, man hätte sagen können, daß es quasi ein symbolischer Tod war.

Von da an hatte Melli im Gegensatz zu mir Schwierigkeiten mit Männern. Ich konnte immer ganz spontan auf die Jungs, die mir gefielen, zugehen. Melli war da eher schüchtern. Ich habe sie oft deswegen aufgezogen, aber das hat ihr auch nicht geholfen. Und selbst, wenn sie einen abgekriegt hätte, wären die Schwierigkeiten erst richtig losgegangen. Sie hätte den Jungen ja noch nicht mal mit nach Hause bringen können, weil sie mit ihrer Mutter in einer Einzimmerwohnung lebte. Für Hotels war sie zu arm, und im Auto war's ihr nicht fein genug, und alles andere wäre ihr peinlich gewesen, denn wenn ich ihr von meinen Sachen erzählte, dann guckte sie immer so komisch. Vielleicht war sie dann ja auch nur ein bißchen erstaunt.

Wir gingen gemeinsam zur Tanzstunde, und die arme Melli wurde immer als letzte aufgefordert, und zwar von dem letzten Jungen. Er hieß Heinz-Klaus und roch immer so. Melli muß ganz schön gelitten haben, aber tapfer, beinahe stolz ging sie mit Heinz-Klaus in Cafés, und dann hielten die beiden dort Händchen. Das war fast schon wieder süß. Dann kam der Abschlußball. Diesen Ball werde ich nie vergessen. Ich trug ein schickes Schwarzes, das die Arme und sehr viel Busen freiließ. Das konnte ich mir aber auch leisten! Damals wie heute! Von der engen Taille abwärts wogte ein Traum in Tüll. Meine langen schwarzen Haare hatte ich hochgesteckt, und eine weiße Orchidee bildete darin einen reizvollen Kontrast. Mein Tanzpartner Nico war der Schwarm aller anderen Mädchen, und wir glitten als Traumpaar über das Parkett, betuschelt und von allen beneidet. Nur Melli war natürlich nicht neidisch, solche Gefühle kannte sie nicht, schon gar nicht ihrer besten Freundin gegenüber. Außerdem mußte sie schon sehr früh nach Hause gehen, denn nach dem ersten Tanz hatte jemand sie am Büffett versehentlich mit Glühwein begossen. Es war herzzerreißend: Alle hatten einen Kreis gebildet und standen nun lachend um die arme Melli herum, die aber auch zu komisch aussah; sie hatte versucht, sich an diesem Abend besonders hübsch zu machen, aber da sie sich selbstverständlich in den billigeren Läden eindecken mußte, wirkte sie irgendwie wie eine Karnevalsfigur. Der riesige Glühweinfleck war da nur das Tüpfelchen auf dem I.

Melli heulte nicht. Während Heinz-Klaus sie aus dem Saal führte, konnte man keine Regung auf ihrem Gesicht erkennen. Auch als ich sie drei Tage später anrief, kamen wir auf diesen Vorfall nicht mehr zu sprechen. Wir hatten aber auch ein wichtigeres Gesprächsthema: Ich hatte mit meinem Prinzen geschlafen!! Ich war wie berauscht und mußte Melli alle Details erzählen. Sie freute sich mit mir und teilte mein Glück; das war nun mal ihre Natur. Auch als ich Nico verließ, stand mir Melli mit Trost und Rat zur Seite. Ich wünschte, ich hätte ihr auch so viel Trost spenden können, aber es gibt Situationen im Leben, da kann kein Außenstehender helfen. Ich konnte das jedenfalls nicht, als Mellis Mutter diesen üblen Schlaganfall hatte, und noch weniger, als Heinz-Klaus mit dem Auto verunglückte. Da war Melli gerade schwanger von ihm, obwohl sie mir nie erzählt hat, wo sie es gemacht haben. Fassungslos stand ich vor diesem Elend, total hilflos. Meine kleine Studentenbude gefiel mir plötzlich nicht mehr, und wie auf der Flucht vor Mellis Elend begann ich, ein buntes und umtriebiges Leben zu führen. Ich stürzte mich in Feste und Galas, ich ging mit Freunden aus, ich trieb viel Sport, um mich abzulenken: Reiten, Segeln, Surfen – das ist nur ein kurzer Auszug aus meinem Register. Ich begann, sehr viel für mich selbst zu tun. Regelmäßig ging ich zur Kosmetikerin, ich achtete auf meinen Körper, quasi im Gegenzug, als Trotzreaktion auf Mellis körperlichen und seelischen Untergang.

Sie bekam das Kind von Heinz-Klaus, mußte es aber sofort in Pflege geben, weil sie sich wegen dieser furchtbaren Krebsgeschichte kaum selbst versorgen konnte. Sie wurde spindeldürr und – so hart das klingen jetzt mag – hat angefangen zu trinken. Jedenfalls bin ich davon überzeugt. Bei Telefonaten heulte sie immer so hemmungslos. Und das hatte ich bei ihr noch nie erlebt. Also, wenn ich so etwas in der Schule erlebt hätte, wie es Melli jeden Tag auf dem Schulhof erleben mußte, ich wäre gar nicht mehr hingegangen. Aber sie hatte sich nie etwas anmerken lassen. Sie hat ja noch nicht mal bei ihrem verpatzten Abschlußball geheult. Und jetzt das! Als ich sie barsch darauf ansprach, log sie mir etwas von starken Medikamenten vor. Ich verlor das Vertrauen zu Melli. Je öfter sie mich anlog, um so mehr ging ich auf Distanz. Als ihr ein Bein abgenommen wurde, besuchte ich sie noch im Krankenhaus; beim zweiten Bein schickte ich bereits nur Blumen. Ich dachte nur noch eines: Das Leben muß weitergehen! Es muß irgendwie weitergehen! In jener Zeit hatte ich große Angst zu verbittern, innerlich zu erstarren. Also fuhr ich mit meinem unruhigen Leben fort, als wäre nichts geschehen. Ich besuchte Malkurse, veranstaltete mit Freunden große Partys, ich fuhr, sooft ich konnte, aufs Land, wo ich mich in langen Spazierfahrten an der frischen Luft ein wenig erholen konnte; ich war plötzlich ganz wild nach frischer Luft, kaufte mir sogar in einem übermütigen Augenblick ein Cabrio. Ich flirtete viel und zog die Aufmerksamkeit der Männer durch meine immer flotte und spontane Art auf mich, was ich – offen gesagt – auch genoß. Ich lernte Tennis, und der Club wurde sozusagen meine Familie.

Bald war klar, daß Melli das Krankenhaus nicht mehr verlassen würde. Aber das war auch besser für sie, weil ihr die Wohnung gekündigt worden war. Manchmal rief sie mich an, aber ihre Gespräche handelten nur von ihrer Krankheit, alles drehte sich um Krankheit, die Krankheit fraß Melli auf und ließ keinen Platz mehr für etwas anderes. Immer war es die gleiche Leier: mal hatten sie einen Tumor entdeckt, mal die Lunge halbiert, dann wieder mußten ihr Magen und Darm entfernt werden, dann ein Ohr – so ging das in einem fort. Bei unserem letzten Telefonat versuchte ich noch, sie von ihrer negativen Haltung abzubringen, sie aus ihrem furchtbaren Teufelskreislauf herauszureißen, aber meine ganze Mühe war umsonst. Sie heulte, schien schon wieder getrunken zu haben und lallte etwas von starken Schmerzen. Ich muß gestehen: Von da an war Melli für mich endgültig passée. Leiden ist eine Sache, seine beste Freundin belügen eine andere. Und das sagte ich ihr auch so. Sie hat einfach aufgelegt, was mich sehr gekränkt hat.

Ja, das war unser letztes Telefonat, denn am Tag darauf sollte Melli der andere Arm abgenommen werden. Aber ich muß ehrlich gestehen, daß mir das komischerweise wenig ausgemacht hat. Ich war einfach noch zu gekränkt. Ich stürzte mich wieder ins Leben, ich feierte und tanzte. Niemand aus meinem Freundeskreis hat mir etwas angemerkt.

Jetzt ist es schon drei Wochen her, daß Melli beerdigt wurde. Und es geht mir nicht aus dem Sinn, wie der schlichte Sarg in die Erde gelassen wird, ein kleiner Feldblumenstrauß, daneben ein weinendes Kind. So mag es gewesen sein, als sie Melli zu Grabe getragen haben. Ich selbst war an diesem Tag leider verhindert. Aber immer wieder mal fallen mir kleine Szenen aus der Zeit ein, die ich zusammen mit Melanie verbringen durfte. Und dann fühle ich immer eine ungeheuer tiefe Dankbarkeit.

Von der Familie

Und mit dem Clown kamen die Tränen

Zu wenig Zeit hatte Herr Dorsch sich für seine Kinder genommen; der Monat Juli war vergangen ohne eine einzige gemeinsame Unternehmung, und Herr Dorsch hatte das schale Gefühl, seine Kinder nur noch im Zuge der Taschengeldübergabe gesehen zu haben. Die Stimmung im Hause Dorsch war gedrückt; während gemeinsamer Abendessen sprachen die Kinder nur das Nötigste mit ihrem Vater, er schien immer unwichtiger zu werden, wohingegen Frau Dorsch mit Tagesausflügen und Schwimmbadbesuchen inklusive Schaumwaffelausgabe gut punktete. Herr Dorsch beschloß, diesen Zustand zu ändern und die Herzen seiner Kinder zurückzuerobern. Den Auftakt dieser Kampagne sollte ein Zirkusbesuch machen. Herr Dorsch erstand heimlich die Karten und führte dann eines Abends die überraschten Kinder aus. Am Eingang kaufte er jedem Kind eine riesige Tüte Popcorn, er selbst ließ sich vom Kartenabreißer ein buntes Hütchen aufsetzen, und die Aufregung der Kinder war groß, als sich herausstellte, daß sie ganz vorne sitzen würden, so nah an der Arena, daß man das Sägemehl anfassen konnte. Der Abend ließ sich gut an: Raubtiere sprangen durch Reifen, Menschen sprangen auf Trapezen umher, die Stimmung der Kinder war ausgelassen, und Herr Dorsch lehnte sich gelangweilt, aber zufrieden zurück, die Welt war schön und in Ordnung, Dorsch gelang sogar ein kleines Nickerchen während des Seiltanzes.

Dann kam der Clown.

Haha! Wie lustig der stolperte! Und lang hinschlug! Die Kinder klatschten begeistert. Herr Dorsch lächelte gähnend. Der Clown riß seine Possen nun direkt vor der Loge der Dorschs. Herr Dorsch gähnte erneut verhalten. Die Kinder schrien vor Glück. Beim dritten Gähnen Herrn Dorschs wurde der Clown aufmerksam. Und rief: »Und jetzt, meine särr värrährten Damen und Härrn – eine Freiwillige, bittärscheen!« Viele Väter, angeheizt von ihren Kindern, fuchtelten mit dem Arm. Doch der Clown hatte seinen Freiwilligen schon ausgemacht. Herr Dorsch konnte noch nicht einmal seinen lustigen Hut absetzen, da stand er schon, applausumbrandet, im hellen Schein der Jupiterlampen. Verlegen trat er von einem Bein auf das andere und versuchte zu lächeln. Der Clown rief: »Eine särr gute Freiwillige! Hohoho!« Er schoß mit einer Hochdruckwasserpistole auf Herrn Dorsch. Das Zelt jauchzte auf. Herr Dorsch wischte sich grämlich lächelnd das Wasser aus den Augen. Der Clown steckte ihm nun ein rohes Ei in die Brusttasche des Sakkos. Dann rief er: »Is sich mein altäs Freund, hab ich langä nicht gäsähänn!« Dann schlug er Dorsch freudig erst auf die Schulter, dann auf die Brust. Das Ei feuchtete sich langsam an die Oberfläche des Sakkos. Das Zelt kreischte. Der Clown rief: »Will ich altäs Freund was schenken vor Glick, ihm wiedärzusähänn!« Mit diesen Worten rammte er Herrn Dorsch eine Torte ins Gesicht. Von der Sahne erblindete Dorsch. Er wollte sie entfernen, aber da hatte ihn der Clown bereits niedergeschlagen, ihm Handschellen angelegt und rief: »Will ich altäs Freund fesseln, vor Glick, daß er nicht märr kann weggähänn!« Das Zelt jubelte, als der Clown Herrn Dorsch, der nun, von der Sahne verschmiert und mit Sägemehl bestäubt, wie eine Weißwurst in der Arena lag, mit einigen Tritten über den Boden kullerte. Der Clown rief: »Altäs Freund, mir leihänn bestimmt Geld, altäs Freund!« Er richtete Herrn Dorsch auf und wuchtete ihn auf einen wackeligen Stuhl. Lautes Furzen krachte durch den Lautsprecher. Das Zelt tobte. Dann untersuchte der Clown die Innentaschen des Dorschschen Sakkos. Er fand einige Geldscheine und zwei Kreditkarten. Mit den Worten: »Geld is nur wiktig, wenn mann kann habänn Spaß damit!« zog er einen großen Fahrkartenlocher hervor und verarbeitete Geld und Karten zu Konfetti, das er Dorsch über den Kopf rieseln ließ. Plötzlich bemerkte er Dorschs neue Schuhe. Er rief: »Altäs Freund mit neue Schuh! Ich habä Räzäpt, daß nicht werdä Blasä gelaufän!« Er stieß einen Pfiff aus, und sofort marschierte ein dressierter Skunk in die Arena. Der Clown stellte es als »altäs Freund Bobo« vor und erklärte dem Skunk, daß Herr Dorsch neue Schuhe habe und ob er nicht etwas unternehmen könne, damit sich Dorsch nicht gleich am ersten Tag Blasen zuziehen würde. Auf ein Dressurzeichen des Clowns lief das Skunk Bobo auf den immer noch erblindeten Dorsch zu, und dem wurde plötzlich warm und feucht in den Schuhen. Das Zelt schrie vor Vergnügen. Herr Dorsch vor Schreck. Der Clown rief: »Altäs

Freund, werdän wir wohl anstoßen, vor Glick, uns wiederzusähänn!« Er zog eine Flasche Rizinusöl aus seiner weiten Pluderhose und schob sie Dorsch in den Mund. Der kam mit dem Schlucken nicht nach, und etwa die Hälfte des Öls troff aus den Mundwinkeln, die andere Hälfte verrichtete sofort gute Arbeit. Dorsch schiß sich unverzüglich voll. Das Publikum wimmerte inzwischen vor Lachen, Herr Dorsch vor Verzweiflung. Der Clown rief: »Altäs Freund, so kann man nikt unter die Leutä, so värrschissän!« und zog Dorsch Hose und Unterhose runter. Dorsch war einer Ohnmacht nahe. Dann wollte er fliehen, aber Handschellen und heruntergelassene Hosen verhinderten eine Flucht. Der Clown rief: »Is bessär, bringe ich altäs Freund nach Hausä!« Und unter dem lustigen Tuten der kleinen Zirkuskapelle griff der Clown Herrn Dorsch zwischen die Beine, drehte, Herrn Dorsch an dessen Glied hinter sich her ziehend, eine Ehrenrunde und verschwand unter Verbeugungen aus der Arena.

Die Kinder des Herrn Dorsch jedoch wechselten mit ihrem Vater kein einziges Wort mehr, und wenn man einander in der Wohnung begegnete, spien sie vor ihm aus. Da sie den Kontakt mit ihm mieden, mußte Dorsch das Taschengeld von Stund an überweisen.

Vom Verzaubern

Die letzten Tage von Euro-Disney

Hartnäckig halten sich die Gerüchte, daß Euro-Disney bei Paris bankrott sei, daß da schon bald die Bürzel an den Nagel gehängt würden. Mr. Appelton, der Geschäftsführer von Euro-Disney, dementiert: »Kommen Sie einfach her, und sehen Sie sich alles an! Von Ruin kann keine Rede sein!« Gerne folge ich seiner Einladung, bin ich doch ein ausgewiesener Freund von Schiffschaukeln, Achterbahnen und Hot Dogs. Und in Disneyland sollen diese Sachen ja alle noch 100mal schneller und größer sein als auf einem normalen Juxplatz.

Strahlend pinkfarbener Himmel, Kinderlachen; lustige und kostümierte, altbekannte Figuren – Mr. Appelton führt mich stolz in sein kleines Reich. Nein, auf den ersten Blick sieht man keine Anzeichen eines möglichen Ruins. Wenn auch die großartigen Illuminationen nun bescheidenen Neonröhren gewichen sind und man hie und da auch schon mal ein handbemaltes Schild sieht: »Sugarwatte!« oder »Here can families brew their coffee!« Appelton zwinkert mir zu: »Bei den heutigen Strompreisen muß man doch nicht *alles* groß anleuchten. Und ich finde diese hübschen kleinen Schildchen auch viel privater und nicht so anonym.« Na, da scheint mir doch ein wenig Sparpolitik im Spiel zu sein.

Ebenso bei der ersten sogenannten »Attraktion«, die ich sehe – dem »Fliegenden Teppich«: Eine Familie wird von 4 Aladins auf einem bunt bemalten Holzbrett über das Gelände getragen. Appelton erklärt: »Früher war der ›Fliegende Teppich‹ natürlich aus Hightech, aber inzwischen geht der Trend halt mehr zum Privaten, und deshalb haben wir auf manuellen Betrieb umgeschaltet.« Appelton schreitet weiter stolz aus, und wir erreichen den Eingang zum »Traumland«. Ein Onkel Donald herrscht einen Vater an: »Gänsefleisch sisch ma so anstelln wie de andorn ooch!« Fragend blicke ich Appelton an. Er lächelt: »Sie ahnen ja nicht, wie die französischen Gewerkschaften einem Unternehmer zusetzen können. Wir rekrutieren unser gesamtes Personal aus Ihren neuen Beitrittsländern. Für wenig Geld machen die praktisch alles.« Dafür übersieht Appelton großzügig ihre kleinen Schrullen, etwa den ruppigen Umgangston, in dem sie Gäste zurecht- und in ihre Schranken weisen.

Ja, Schranken gibt es auch in Euro-Disney. Man kann nicht so einfach beispielsweise von Traumland nach Märchenland; da heißt es erstmal sich angestellt, das linke Ohr freigemacht etc., da kommt es auch schon mal zu Leibesvisitationen, die vor aller Augen durchgeführt werden. Als ich Appelton auf diesen doch eher merkwürdigen Umstand anspreche, ruft er frohlockend: »Das ist die so oft geforderte Transparenz! Wir verheimlichen unseren Kunden nichts!« Ersparen offenbar auch nicht. Einem jungen Familienvater wird gerade der Anus ausgeleuchtet, was mir etwas übertrieben scheint. Doch Appelton winkt ab: »Sie glauben ja nicht, was die Gäste so alles zusammenklauen. Hier ein Teller, da eine Tasse...«

Ich frage mich, ob das Personal seine kleinen Angewohnheiten nicht übertreibt. Freundliche Gesichter sieht man jedenfalls nicht; geradezu grimmig blicken die Werktätigen aus ihren Kostümen. Ein Schneewittchen bahnt sich rauchend und fluchend den Weg durch die Besucherschar, Onkel Dagobert ohrfeigt ein Kind, das sich mit ihm zusammen fotografieren lassen will. Ich sehe sogar, wie zwei Goofies den Vater des Kindes in eine dunkle Ecke drängen und ihm Kamera und Brieftasche abnehmen. Appelton kommentiert lässig: »Warum sollten in einem Vergnügungspark andere Gesetze gelten als in der Welt drumherum? Überall gibt es Gute und Böse, Reiche und Arme.«

Und in der Tat sieht man sehr viel Armut auf dem Vergnügungsgelände. Da gibt es abenteuerlich zusammengenagelte Gondeln, Kaläschen und Riesenräder, und das Knarzen und Stöhnen des Sperrholzes übertönt sogar die allgegenwärtigen Lautsprecherdurchsagen: »Bobbgorn gibt's nur noch an Bobbgornstand 12b!« oder »Das Eis ist alle, aber wir haben noch jede Menge Negerküsse aus UNO-Beständen!«

Schmalhans ist Küchenchef in Euro-Disney. In einem der wenigen noch geöffneten Restaurants, dem »Bei Udo's«, regiert der Schwarzmarkt. Für Wucherpreise hat man die Wahl zwischen Blumenkohl und »Armer Ritter«. An ein Würstchen kommt nur, wer Glück und Beziehungen hat. Für Appelton kein Untergangssignal: »In unserer verfetteten Wohlstandsgesellschaft finden es die Menschen malerisch, mal ein bißchen zu darben.«

Je weiter man in den Park hineingeht, um so deutlicher tritt Notstand zutage. Das luxuriöse Erlebnisbad ist geschlossen; davor vermietet ein mürrisches Bambi stundenweise aufblasbare Bassins. Das Wasser wird offenbar nicht gewechselt und ist brackig. Kein Wunder, daß nur wenige Besucher von dem Angebot Gebrauch machen. Ein apathischer Baloo kauert vor einem Teller mit dem Schildchen »Danke«. Es ertönt ein Signal zum Schichtwechsel. Ich sehe, wie die vier Aladins sofort den Teppich fallen lassen. Auf die Schreie der verletzten Familie reagiert niemand.

Die deutlich sichtbare Finanzschwäche von Euro-Disney mag Appelton nicht eingestehen. »Wir haben weiterhin geöffnet. Und wenn es mal an was fehlt, wird halt improvisiert. Jedes Unternehmen hat mal Talsohlen zu bewältigen!« Im Augenblick, so sieht es aus, hat der Konzern gerade den tiefsten Punkt erreicht. Der Unmut der Leiharbeiter aus dem Osten scheint sich aus alter Gewohnheit und Verdruß über die schlechte Bezahlung gegen die Gäste gewendet zu haben. Nicht anders kann ich mir erklären, daß einige Panzerknacker eine Familie attackieren, die hilflos in einem Papp-Gocart angeschnallt ist und von gröhlenden Zwergen durch das Spalier der rüden Männer geschoben wird. Appelton dazu launig: »Wo gehobelt wird, da fallen Späne.« Eine merkwürdige Devise für einen Vergnügungsparkbetreiber.

Und es gibt auch noch andere Devisen: die, in denen man hier zahlen muß. Kaum ein Kassierer nimmt die am Eingang zwangsumzutauschenden Disney-Dollar an. »Die sin doch aus Plaste, wennde was willst, dann hör ich das abo vorher scheppon.« Appelton weiß um diese Zustände, doch es stört ihn nicht. »Das ist halt ein besonderes Flair, das finden Sie nirgendwo sonst in Europa.«

Meine anfangs vergnügte Stimmung ist mir inzwischen vergangen. Ringsum im Park wird es immer trister; je weiter wir hineingehen, um so ärmlicher sind die Attraktionen, um so zwielichter wird das Betreuungspersonal, um so geduckter die Besucher. Vor einer der Bars, in denen das demotivierte Personal versucht, sich mit Alkohol zu betäuben, lungern zehn Indiana Jones'. Instinktiv wechselt Appelton die Straßenseite. Er scherzt: »Man kann ja nie wissen!«

Nein, so habe ich mir einen Vergnügungspark nicht vorgestellt. Auf einer pinkfarbenen Parkbank sitzen zwei offensichtlich angetrunkene Schneewittchen und warten auf ihre Freier. Im Gebüsch dahinter setzt sich ein Gustav Gans einen Schuß. Das ist doch keine Welt für Kinder! Und die meisten klammern sich denn auch weinend an ihre Eltern. Keine Frage: Die Angst geht um in Euro-Disney, und auch die schwerbewaffneten Wachposten schaffen kein Gefühl der Sicherheit. Außerdem macht es kein Vergnügen, sich alle fünf Minuten den Paß abstempeln oder in die Handtasche oder den Anus sehen zu lassen. Mich erstaunt die friedliche Koexistenz von einerseits hohen Wachtürmen/Sicherheitskontrollen etc. und der auf der Straße herrschenden Gewalt. Ein kleiner Junge muß mitansehen, wie seine Oma von einem Pluto zusammengeschlagen und beraubt wird. Niemand schreitet ein. Die Besucher tun so, als wäre nichts geschehen, und versuchen, so schnell wie möglich den Ausgang zu erreichen. Appelton ignoriert diese Vorgänge ebenfalls. Erst als ein Mogli versucht, eine ältere Dame zu vergewaltigen, zieht er seine Smith & Wesson und erschießt den Kostümierten.

Während Appelton sein Schießeisen wieder verstaut, wird er plötzlich ernst: »Es gibt einfach Dinge, die ich hier in Euro-Disney nicht dulde. Aber wie gesagt:

Ruin? Lächerlich. Und jetzt entschuldigen Sie mich bitte; Sie finden ja selber raus.«

Es gefällt mir gar nicht, so schutzlos durch den Park zu gehen. Ich beiße die Zähne zusammen: Jetzt bloß nicht dumm auffallen. Aber das ist schwer, denn aus unerfindlichen Gründen werden alle Gespräche abgehört und jede Bewegung in einer Akte verzeichnet. Ein Franzose fällt dumm auf. Er beschwert sich, daß seine Tochter bei einer Gondelfahrt gestorben sei. Ein Märchenprinz nimmt den Trauernden in den Schwitzkasten, dann wird er von einem Mogli und dem Prinzen in einen Verschlag gezerrt. Die entmenschten Schmerzensschreie des Mannes überdecken das eintönige Knarzen der hölzernen Riesenräder.

Am Ausgang ist ein Stau entstanden. Verbissen blickende Väter versuchen, ihre kreischenden Kinder so schnell wie möglich durch die Schleuse in Sicherheit zu bringen. Das ist nicht so einfach, denn das Rausgehen kostet bei weitem mehr als der Eintritt. Manche Familien können ihren Austritt gar nicht bezahlen. Sie leben neben den Kassenhäuschen in erbärmlichen Wellblechbaracken, schnorren andere Besucher an oder geben Kassiber an ihre nächsten Angehörigen mit. Vor mir hinkt die Familie vom »Fliegenden Teppich«. Sie hatten es nach dem Teppicherlebnis noch mit der Aladin-Höhle und dem Dschungelbuchtempel versucht. Aber dort verloren sie ihre Mutter; der Vater hat bei einer Schlägerei das linke Auge und einen Hoden eingebüßt. Das sind nicht die einzigen Horrorgeschichten. Hinter vorgehaltener Hand erzählen sich die eingeschüchterten Besucher ihre persönlichen Torturen. Ein Vierzigjähriger wurde von Trick und Track gezwungen, nackt und vor den Augen seiner Kinder 1000 Liegestützen zu machen. Seinem kleinen Buben haben sie mit einer Rasierklinge ein Mickey-Maus-Motiv ins Gesicht geritzt. Eine Horde von Minnie-Mäusen riß einer Oma die Perücke vom Kopf und setzten sie dann ihrem Enkel auf. Die alte Frau weint, während der Enkel, immer noch traumatisiert, wortlos unter dem Dutt hervorstiert. Eine vierköpfige Familie wurde in der Märchenburg »aus Spaß« mit siedendem Teer übergossen. Die vier stehen nun da, bewegungslos, apathisch, schwarz. Ein mit Neptun-Forken geradezu gepfählter Mann schleppt sich zum Exit. Alle sind sich einig: Das ist kein guter Vergnügungspark. Es gibt keine andere Erklärung: Die Gerüchte um Euro-Disneys finanzielle Lage sind wahr. »Von mir aus können die den Laden schon morgen dicht machen!« bricht es aus dem Neptun-Gepfählten heraus.

Der Nieselregen verdichtet sich inzwischen zu einem Wolkenbruch. Im Bambi-Gehege kommt es zu einer Schießerei. Zwei besonders heruntergekommene Mickeys haben sich einen kleinen Jungen gegriffen und zwingen das weinende Kind, altes Popcorn zu essen.

Nein, ich gebe Euro-Disney keine große Überlebenschance.

Vom Verbrechen

Baroneß Bibi löst den Fall

Was bleibt schon groß zu sagen, wenn man im Aufzug seines Hauses auf eine Leiche stößt? Hilfe? Polizei? Nicht stehenbleiben, hier gibt's nix zu sehen? Prof. Marquardt entschied sich für ein besonnenes: »Ja, wen haben wir denn hier?« Es geschah ja schließlich nicht zum erstenmal, daß der berühmte Pathologe einen toten Menschen sah. Dieser hier im Aufzug wirkte nicht sehr sympathisch: ein grobschlächtiger alter Mann, an dem vor allem das wulstige Doppelkinn und die mit Brillanten geschmückten Wurstfinger auffielen. Dabei war er durchaus geschmackvoll gekleidet, wenn auch die kleine Fliege unter dem blauen Gesicht etwas übertrieben wirkte. Marquardt mutmaßte Herzinfarkt oder Erstickung und blockierte erst einmal den Aufzug. »Vielleicht hat er sich die Fliege zu eng gebunden«, murmelte er und klingelte beim Hausmeister.

Herr Graulich, ein ebenso schmieriger wie untersetzter Mittvierziger, öffnete, und sofort zog ein pestilenzartiger Küchengeruch ins Treppenhaus. Dem Professor wurde übel. Er war zwar durch Erfahrungen in der Pathologie – seinem Steckenpferd – mit einigen Gerüchen vertraut, doch was Graulich täglich in seiner kleine Küche zusammenbraute, ging entschieden zu weit. Dagegen war der Keller der forensischen Pathologie die Wandelhalle von Bad Wiessee.

Marquardt beschloß, noch am gleichen Tag beim Vermieter gegen diese Art von Hausmeister zu opponieren. Schließlich zahlte er einen hohen Mietzins für sein kleines, gemütliches Appartement in dieser exklusiven und gepflegten Wohnanlage. Zudem schien sich Herr Graulich durch das Horten und Verkaufen von Waren unbekannter Herkunft ein Zubrot zu verdienen und vernachlässigte darob seine eigentlichen Pflichten. Immer wieder sah man ihn mit den erstaunlichsten Posten ein und ausgehen; mal schleppte er ein Dutzend Sonnenschirme in seinen Verschlag, mal waren es große Säcke voll Schokoladenbruchs, mal lotste er im Schutze der Nacht senegalesische Leiharbeiter in seine kleine Wohnung, kurz: Er machte aus allem Geld, aber nur selten das Treppenhaus sauber.

»Herr Graulich, hätten Sie die Güte, sich um die Leiche im Aufzug zu kümmern, bevor sie die anderen Mieter erschreckt?« Graulich glotzte den Professor aus seinen blutunterlaufenen Augen an. »Leische? Was fürne Leische?« Marquardt spürte erneut Übelkeit aufsteigen. Das hessische Idiom dieses Schmierlappens konnte er nicht ertragen. »Da ist jemand tot, und Sie rufen jetzt die Polizei! So einfach verhält sich das.« Graulich vergaß, seinen rüsselartigen Mund zu schließen. Marquardt konnte sogar sehen, wie sich der Hausmeister versonnen am Sack kratzte. »Nun lassen Sie endlich Ihr Skrotum in Frieden und rufen die Polizei!« Graulich verschwand in seinem Küchendunst, und Marquardt wandte sich wieder dem Leichnam zu.

Da bog Baroneß Bibi, die sich in der Wohnanlage eine kleine Suite hielt, um die Ecke. Allseits wurde gemunkelt, daß sie keine echte Baroneß sei und den Titel gekauft habe, aber dem Professor war das gleich. Er mochte die natürliche Art der Zwanzigjährigen, von der niemand so genau wußte, woher ihr entsetzlicher Reichtum stammte. Marquardt und sie verband die Leidenschaft für Kriminalfälle, und die beiden hatten sich im Pathologischen Institut schon so manche Nacht um die Ohren geschlagen. Er trat zur Seite, damit die Baroneß den Toten besser betrachten könne. Sie musterte den Leichnam und murmelte: »Heute blau, morgen blau, und übermorgen wieder. Erdrosselt? Ich tippe mal auf diese scheußliche Fliege.«

Marquardt mußte lächeln, aber sein feines Mienenspiel erstarrte, als er die lärmende Stimme von Doktor König im Treppenhaus hörte. Der beleibte Advokat hatte offenbar von seiner Kanzlei im ersten Stock aus den Lift nehmen wollen und empörte sich nun über die Unbequemlichkeit des Treppensteigens. Schnaufend erreichte der kleine dicke Mann das Erdgeschoß. »Das gibt eine Mietminderung, das können Sie mir glauben!« Die beiden taten dies bereitwillig, denn der Doktor galt als ein gefürchtet genialer Anwalt. Er nahm sich vor allem der brennenden Probleme der Wohlhabenden an, und zu seinen spektakulärsten Siegen zählte jener Prozeß, in dem er vor dem Bundesgerichtshof für einen bekannten Baulöwen und Großvermieter das ius primae noctis bei allen seinen Mietern erstritten hatte, selbst für den Fall, daß ein Mieterpärchen schon jahrelang verheiratet war.

König warf einen gelangweilten Blick auf die Leiche und machte sich Notizen. »Mietet ein Mieter eine Wohnung mit Aufzuganschluß, so hat er im Falle eines...« In diesem Augenblick umwehte die drei ein starker Verwesungsgeruch. Gleich darauf erschien Graulich mit der Nachricht, »Spurensischerung und Kommissar« wären unterwegs und man habe ihn gebeten, den Tatort mit rotweißen Warnbändern abzusichern. »So rotweiße Bändä hab isch awwä net. Und da fiel mir ein, isch hab ja noch ein Posten Fanta-Werbe-Fähnschen in meim Sottiment! Des geht doch auch, odä?« Die drei Mieter beobachteten, wie Graulich geradezu liebevoll die bunten Fähnchen mit den Zitronenmotiven um den blaugesichtigen, klumpigen Mann herumdrapierte.

Der Kommissar hatte rasch die Identität des Toten entschlüsselt. »Hm, es scheint sich laut Personalausweis um Dr. Dallmeiner aus der Wiesenstr. 7 in 60313 Frankfurt zu handeln.« Der dicke Advokat schreckte auf. »Dallmeiner? Der hatte für heute telefonisch einen Termin mit mir abgemacht! Was ist das nur für ein Haus! Da wird einem im Aufzug die Geschäftsgrundlage weggemordet! O, das wird Folgen haben!«

Prof. Marquardts Neugier war nun erwacht, auch die Baroneß zeigte sich interessiert. »Sagen Sie mal, was wollte der denn von Ihnen?« »Das hat er nicht deutlich gesagt: Er sagte nur, er könne nicht frei sprechen und er wolle mich heute um 12 Uhr konsultieren.« Prof. Marquardt blickte auf die Uhr. »Hm, jetzt ist es aber erst 11. Er muß es plötzlich sehr eilig gehabt haben, mit Ihnen zu sprechen.« Baroneß Bibi runzelte die hübsche Stirn. »Also eindeutig Mord!« Der Kommissar wurde unruhig. »Ich stelle hier die Fragen, ja? Und über Mord ist noch gar nichts raus. Es kann auch ein Herzinfarkt gewesen sein.« Das Jagdfieber erfaßte Prof. Marquardt. »Herr Kommissar! Ich bin Pathologe! Wenn Sie sich einverstanden erklären, werden Sie das amtliche Ergebnis in einer halben Stunde haben. Wir müssen den Leichnam nur in meine Wohnung schaffen, dort findet sich das nötige Instrumentarium.«

Der Kommissar blickte skeptisch. »Na, ob das so einfach geht?« Die Baroneß war angetan von Marquardts Vorschlag, und ihre vermutlich britische Herkunft brach sich Bahn: »Oja, bitte bitte! Drücken Sie mal ein Auge zu, Constabler!« Der Kommissar blickte unentschieden vom Pathologen zur Baroneß. »Hm, ich müßte dann aber dabeisein, wegen der Formalitäten und dem Datenschutz.« Der Professor schaute dem Beamten tief in die Augen und sagte mit seiner sonoren Stimme: »Geben Sie Ihrem Herzen einen Stoß, Kommissar!« »Ja, aber eigentlich müßte ich jetzt sofort zur Witwe fahren und ihr den Schlamassel taktvoll beibringen.«

Graulich, der bisher nur unruhig von einem Bein auf das andere getreten war und immer wieder auf die Uhr geschaut hatte, trat vor und rief erleichtert: »Des mach isch! Isch hab jetzt nämlisch sowieso 'n Posten Tennissocke in de Wiesenstraß abzuhole, und da kann isch ja mal eben hochspringe! Dallmeiner hieß der? Schon unnäwegs!« Und rasch war er zur Türe raus.

Der Kommissar wandte sich an den Advokaten: »Was sagen Sie zu einer Haussektion? Wie ist die Rechtslage?« Dr. König überlegte nicht lange: »Zwar gebe ich nie juristische Auskünfte gratis oder gar in Treppenhäusern, aber da es sich um ein so widerwärtiges und abstoßendes Verbrechen wie Mandantenmord handelt: Ich denke, jeder Arbeitnehmer hat das Recht, sich Arbeit mit nach Hause zu nehmen. Warum dann nicht auch Professor Marquardt?« »Juchhu!« rief die Baroneß, und ihr junges, frisches Gesichtchen strahlte mit dem schweren Brillantdiadem um die Wette. Die vier stellten sich zu der Leiche in den Aufzug und fuhren in den dritten Stock, wo die gemütliche Junggesellenwohnung des Professors lag.

Frau Dallmeiner lehnte schluchzend am Türblatt. Ihr zierlicher Körper wurde immer wieder von Weinkrämpfen geschüttelt, und das lange blonde Haar fiel ihr wirr ins tränenüberströmte Gesicht. Graulich versuchte, Trost zu spenden: »Er hat's sischä net schlimm gehabt. Un mir hawwe dann Fähnschä drumrumgesteckt, er sah so aus, als tät er schlafe. Als hätts ihn uff einem Bierfest von de Bank gehaue, Frau Dallmeiner. Escht.« Die Stimme der Witwe klang gepreßt: »Wo ist er jetzt?« »In de Lessingstraß, bei Marquardt. Drittä Stock. Die mache ihn uff, awwä garantiert auch wiedä zu. Des muß ja schnell gehe, bevor die Väwesung einsetzt.« Frau Dallmeiner riß ihre Handtasche vom Vertiko. »Ich muß hin! Ich muß ihn noch einmal sehen! Außerdem wird der Polizist ja auch Fragen haben.« »Des glaab isch aach. Nemmese sisch einfach 'n Taxi. Un Kopf hoch, gell? Des Lebe geht weidä!« Frau Dallmeiner drückte dem Hausmeister ein Fünfmarkstück in die Hand: »Vielen Dank für Ihre Mühe, guter Mann.« Graulich errötete: »Des wär doch net nötisch gewese! Dankeschön!«

In der modern eingerichteten Eßecke des Professors herrschte angespannte Stille. Mit routinierten Handgriffen verschloß Marquardt Herrn Dr. Dallmeiners Sakko und wandte sich grübelnd an die kleine Gesellschaft. »Hm, das ist merkwürdig.« »So reden Sie schon, Prof!« rief Baroneß Bibi aufgeregt. Auch Dr. König und der Kommissar rutschten unruhig auf den Thonetstühlen hin und her. »Tja, also Herzinfarkt oder ein sonstiger natürlicher Tod ist nicht zu attestieren. Der Exitus wurde von außen herbeigeführt. Meine Diagnose lautet: Jemand muß ihm die Fliege zugedrückt haben.« Nach dieser unglaublichen Eröffnung hörte man nur noch das scharfe Durchatmen des Kommissars. Aus Dr. König brach es gequält hervor: »Aber wer tut so etwas Schreckliches? Wer hat ein Interesse daran, einen Mandanten umzubringen? Und dann noch auf so grausame Art!« Der Kommissar versuchte ein Resümee, während die Baroneß den Teilnehmern der kleinen Expertenrunde einen stärkenden Drink reichte. »Also, ein sogenannter Fliegenmord ist eigentlich nicht bekannt. Das ist eine Novität, die hoffentlich keine Nachahmer findet.«

Dr. König geriet in Panik: »Der wollte zu mir, das wäre mein Mandant gewesen! Vielleicht geht es gegen mich!« Die Baroneß reagierte ärgerlich: »Nun reden Sie keinen Unsinn! Er wollte etwas mit Ihnen besprechen, Ihnen einen Auftrag geben, und das wurde ihm offenbar zum Verhängnis.« In diesem Augenblick klingelte es Sturm. Marquardt öffnete, Frau Dallmeiner stürzte in das schicke Appartement und warf sich über die Leiche ihres Mannes. Sie weinte und schrie. »Warum hat er mir das angetan? Warum nur?« Unbeantwortet verhallten die bitteren Fragen der weinenden Frau in den Wänden der kleinen Maisonettewohnung.

Als sich die Frau ein wenig gefangen hatte, begann der Kommissar behutsam mit der Befragung: »Wie oft kam es zum Geschlechtsverkehr? War Ihre Ehe in Ordnung?« Die zierliche junge Frau sackte in sich zusammen: »Es war die harmonischste Verbindung der Welt.« »Können Sie sich denken, wer ein Interesse am Tod Ihres Mannes gehabt haben könnte?« »Er hatte überhaupt keine Feinde. Er war so herzensgut.« »Frau Dallmeiner, war Ihr Mann wohlhabend?« Die Witwe, deren reizvolles Gesicht durch die Tränen noch schöner wirkte, blickte hoch, und in ihren großen blauen Augen stand Ratlosigkeit: »Nunja, wir haben alles, was man zum Leben braucht. Und wenn man sich mal ein bißchen einschränken muß, dann schweißt das doch eher zusammen.« »Was war Ihr Mann denn von Beruf?« »Er war Juwelier.« »Doch nicht etwa – *der* Juwelier Dallmeiner? Daß mir das nicht gleich aufgefallen ist!«

Die Baroneß beobachtete die jugendliche Witwe näher. Sie kam ihr irgendwie bekannt vor. »Sagen Sie, kennen wir uns nicht irgendwoher? Mir kommt es vor, als hätte ich Sie schon mal irgendwo gesehen?« Die Witwe musterte die hübsche Baroneß: »Nicht, daß ich wüßte.« In der Baroneß regte sich sofort dieser nagende Zweifel, den eine Erinnerung verursacht, die sich noch nicht greifen läßt. Dr. König setzte sich in Positur: »Ihr Mann hatte einen Termin mit mir. Wissen Sie, was er wollte?« »Einen Termin? Mit Ihnen? Davon weiß ich nichts.« Der Kommissar hakte nach: »Frau Dallmeiner, wenn eine Ehe so einträchtig verläuft, dann weiß die Frau doch, warum ihr Mann einen so bekannten Rechtsanwalt aufsucht. Einen, der für besonders verzwickte Fälle konsultiert wird?« Die Frau begann zu weinen: »Ich weiß es nicht, ich weiß es nicht!« »Ihr Mann hatte offensichtlich Probleme, denn er sagte zu mir, er könne nicht frei sprechen. Ist das normal für einen sorglosen Geschäftsmann und Gatten? Und vor wem konnte er nicht frei sprechen?«

Der Kommissar, den der zweite Drink ein wenig schläfrig gemacht hatte, war plötzlich hellwach: »Wir können das Telefonat zurückverfolgen lassen! Dann wissen wir, *wo* er nicht frei sprechen konnte!« Er griff so behend nach dem Telefon, daß er dabei beinahe gegen die urige, antike Musicbox des Professors geprallt wäre. Die Witwe erstarrte. Mit vor Haß stahlblauen Augen zischte sie dem Kommissar zu: »Einfache Witwen erschrecken und befragen, das können Sie!« In diesem Augenblick tauchte bei der Baroneß der Ansatz einer Erinnerung aus dem Dunkel des Vergessens. Sie schrie auf: »Jetzt weiß ich wieder, wo ich Sie gesehen habe! Das war im Nick's! Der Blick, den Sie eben dem Kommissar zuwarfen, hat sie verraten. Sie waren mit einem jungen, athletischen Mann dort und turtelten! Dann trat ein sehr dicker Mann an ihren Tisch. Sein Gesicht konnte ich nicht sehen, aber Größe und Statur nach muß es Dr. Dallmeiner gewesen sein. Und ihn bedachten Sie mit genau diesem haßerfüllten Blick!«

Die Aussage der Baroneß schlug ein wie eine Bombe. »Hände auf die Musicbox!« fauchte der Kommissar und tastete die Witwe ab. Handschellen klickten. Der Pathologe und Dr. König klopften sich befreit auf die Schultern, und die Baroneß nahm erleichtert auflachend einen Drink. Der Kommissar schüttelte die Verhaftete: »Wer hat ihn umgebracht! War es der junge Mann? Haben Sie einen feigen Killer gedungen?« Die Baroneß stellte das Glas ab. »Ich glaube, ich kann Ihnen die Lösung anbieten. Also: Wenn man einen Killer anheuert, dann zeigt man sich nicht mit ihm in der Öffentlichkeit. Der junge Mann hat mit dem Mordfall nichts zu tun. Er ist bloß eines der zahlreichen Abenteuer dieser lustigen Witwe!«

Frau Dallmeiners Gesicht war zu einer Fratze verzerrt, und sie spuckte vor der Baroneß aus. Die junge Adlige ließ sich davon nicht beeindrucken. »Erst konnte sie ihren Mann an der Nase herumführen. Er ahnte nichts von den Affären. Doch dann, eines unglücklichen Tages, traf er sie mit einem ihrer Geliebten im Nick's an. Sie geriet in Zorn und sagte, jetzt kann ich mich wieder erinnern: ›Darf man nicht mal mit einem alten Schulfreund ein Glas trinken gehen?‹ Doch sie faßte sich rasch, stand brav auf und rettete lächelnd die Situation, indem sie die treue Ehefrau spielte und mit Dallmeiner das Lokal verließ. Doch Dallmeiner war stutzig geworden und wollte von Dr. König sein Testament ändern lassen. Da half es auch nichts, daß die gnädige Frau zu Hause die besonders Ergebene spielte. ›Schatz, deine Hemden, Schatz, deine Schuhe – und: Schatz, deine Fliege!‹«

Als sich der Tumult in der geschmackvoll möblierten Eßecke gelegt hatte, fuhr die Baroneß unbarmherzig fort: »Frau Dallmeiner hatte den schlimmen Verdacht, daß ihr Mann sie enterben würde. Sie belauschte das Telefonat mit Dr. König und wußte sofort: Sie mußte handeln! Und das tat sie dann am nächsten Morgen. Wie immer umhegte sie ihren Mann, gab ihm Aktenmappe und Autoschlüssel, und dann richtete sie ihm wie jeden Morgen die Fliege. Nur: Diesmal zog sie etwas fester zu als sonst! Als Dallmeiner wegen Atemnot unruhig wurde, zerstreute sie seine Bedenken: ›Ach, so hält sie doch besser!‹«

Dr. König schüttelte sich angewidert: »Ein teuflischer Plan!« Marquardt betrachtete mitleidig die Leiche des Juweliers: »Der arme Kerl muß sehr gelitten haben. Er konnte sich gerade noch bis hierher in den Aufzug schleppen, dann hatte die Fliege ihre grausame Arbeit verrichtet. Frau Dallmeiner muß genau errechnet haben, wie lange die Fliege ihrem Mann noch Sauerstoff lassen würde. Und Dallmeiner selbst muß gespürt haben, daß es mit ihm zu Ende ging, denn sonst wäre er nicht früher zum Termin erschienen. Das war der scheußlichste Mord, der mir je begegnet ist.«

Frau Dallmeiner schwieg. Sie schwieg auch noch, als der Kommissar sie und den toten Dallmeiner in den Streifenwagen setzte und die beiden erstmal aufs Revier fuhr. Dr. König, Prof. Marquardt und die Baroneß beschlossen, den Tag im »Nick's« ausklingen zu lassen. Denn ohne das »Nick's« wäre der furchtbare Fliegenmord wohl nie geklärt worden.

Als der Aufzug kam, war er bereits von einem Fahrgast belegt: Graulich. Der Hausmeister bot einen schrecklichen Anblick. Beide Füße waren vom Körper abgetrennt und lagen neben Graulich; aus seinen Hosenbeinen heraus war er grausam verblutet. Marquardt untersuchte den toten Hausmeister, richtete sich auf und schüttelte den Kopf: »Unglaublich. Sagte er nicht etwas von einem Posten Socken, den er abholen wollte? Ein Paar muß Graulich sofort anprobiert haben. Nur: Diese Socken umschlossen die Waden wie ein Ring aus Metall, so daß die Füße nicht mehr durchblutet wurden und schließlich abfielen. Daß er es noch in den Aufzug geschafft hat, grenzt an ein Wunder. Ich rufe den Kommissar an. Hier scheint sich eine neue Qualität des Verbrechens zu entwickeln.«

Die Baroneß war bereits mit einer Atemschutzmaske in die Wohnung des Hausmeisters eingedrungen und sichtete dessen persönliche Habe. Sie wußte genau – in diesem Verschlag würde sie bestimmt einen Hinweis auf den grausamen Sockenmörder finden.

Nächste Folge: Baroneß Bibi in Gefahr!

Von den Schönen & Reichen

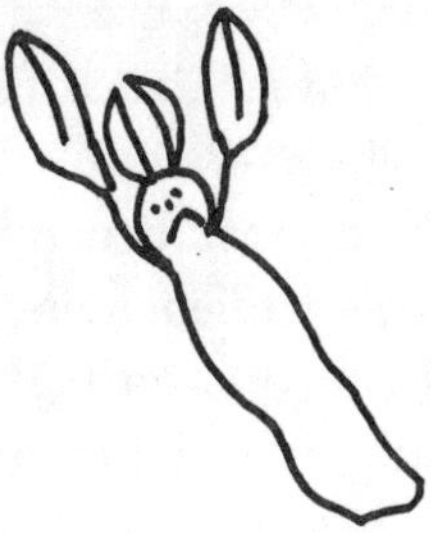

Schrill in Salzburg

Zum ganz großen Affentreffen im Salzkammergut erschien wieder die notorische Mischpoke, um gemeinschaftlich die *Frau Musica* zu belästigen und ein paar Säue durch die Straßen zu treiben.

Auftakt: Die *Wolfgang-Amadeus-Mozart-Gala* mit Werken von *Wolfgang, Amadeus* und den anderen. Zu besonderen Ehren kam hierbei *Ivo* »Der Schöne« *Pogorelich*. Nach einer schnittigen Quintparallele geriet die im Publikum langweilende *Gloria von Thurn und Taxis* außer sich vor Begeisterung und bat darum, dem Maestro die Nägel abkauen zu dürfen. Der jugendlich wirkende Virtuose nahm es aldente con brio.

Auf *Herbert* »Der Schönere« *von Karajan* mußte in diesem Jahr verzichtet werden. Während einer Tournee durch die klangvollsten Bankhäuser Europas hatte er sich das Glied erkältet. Ehefrau *Brumfiedel*: »Herbert hat sich das Glied erkältet.«

Zu unschönen Szenen kam es, als *Joachim Kaiser* etwas verspätet und völlig überraschend hinter den Soloschalmeien auftauchte. Der bekannte Mime warf mit handverlesenen Fauleiern und Dosentomaten. Überdies war er voll wie zehn *Alfred Brendels*, die allerdings nur zu fünft erschienen waren. Nach dem siebzehnten »Dreckscheißverdammter« wurde dem »Kritiker« die Logentür gewiesen. Buhrufe auch für *Peter* »Das knödelnde Groschengrab« *Hofmann*. Da er sich an der Akustik seiner Dusche einen Bruch hub, will er auf andere Weise ein Zubrot verdienen und läßt sich seit neustem auf offener Bühne und für Geld vom Schwan vögeln. »Ich werde mich jetzt auf offener Bühne und für Geld vom Schwan vögeln lassen«, verriet der blonde Heldentremor. Pech für ihn: Der Schwan hatte sich während einer Karajantournee das Glied erkältet.

»Das kann mein Vergnügen nicht schmälern. Ich find's hier riesig!« beteuert ein allzeit prominenter Zuhörer mit stets gut gespitzten Ohren: *Hans-Dietrich Genscher* saß in der ersten Reihe und versperrte der zweiten die Sicht. Nach der Pause war es umgekehrt.

Der zweite Tag stand ganz im Zeichen von *Erika Köths* Doppelgeburtstag. Sie wurde genauso alt wie ihre Stimme. Jetzt will sich die greise Mimin in den wohlverdienten Stimmbruch zurückziehen und nur noch privat und Falsett singen. Ein Festzelt weiter, ein ähnliches Bild: *Anneliese* »Ach, Anneliese« *Rothenberger* will auch endlich aufhören. Warum sich die puppenhafte Weichsingerin ausgerechnet die pickelharte Erdapartie für ihren Schwanenuntergang vorbehalten hat, schreibt man allenthalben dem Spitzenwetter sowie dem kräftigen Hotelessen zu.

An einem Hummelflugwettbewerb in der frisch eingeweihten *Rimskij-Korsakow-Gedächtnis-Disco* nahm *Lorin Maazel* mit seiner neuen Frau teil. Schon nach der dritten Phrase mußte das Pärchen ausscheiden.

Ehefrau *Dietlinde*: »Lorin hat sich beim andante maestoso einen komplizierten Dominantaseptakkord zugezogen.«

Nach dem gemeinsam eingenommenen Kaffee ging es tief her bei der ersten *Jedermann*-Probe. *Hans Ehrhard Brandauer* erschien stocknüchtern auf der Probebühne und fiel gleich darauf stockbesoffen in die Requisiten. Wie der Mime dieses Bubenstückchen zuwege brachte, will er nicht verraten. Man munkelt, daß *Alkohol* im Spiel war.

Völlig sorglos begann das Antidiskriminierungstreffen der Orchestermusiker, doch schon nach wenigen Minuten brach Feuer in der dritten Pauke aus. Die ersten Geiger, die Cellisten und Oboisten verließen geordnet und diszipliniert den Saal. Das übrige Gesocks trampelte über die Bratschisten ins Freie.

Rauschender Applaus und schrilles Kreischen in der Audienzhalle. Zur stündlichen *Carreras-Hysterie* erschien vollständig und entfesselt auch die *Titanic*-Damenriege. Die Herren kuckten im Bahnhofskino einen Bärchenfilm mit *Ornella Muti*. Es kam niemand zu Schaden.

Vor der Konzertkonditorei verkündete *Luciano Pavarotti*, daß er ab Mai auch auf der Bühne essen werde. Zum Zeichen seines stählernen Willens brachte der stämmige Virtuose gleich zur ersten *Aida*-Probe einen privaten Snack mit: drei Tüten Nockerln und vier Wannen Tiramisu.

Die alte Fehde zwischen Pavarotti und *Placido Domingo* scheint endgültig beigelegt. Domingo hat für den ehemals verhaßten Kollegen sogar eine staatliche Apanage erwirkt. Sie wird täglich und in Schmalzgebackenem ausgezahlt.

Ausgeläutet wurde der Tag am Stammtisch. *Dietrich*

»Der Fesche« *Fischer-Dieskau* gestand, vor hundert Jahren *Ruth Leuwerik* geehelicht zu haben. Verteidigte sich der schmächtige Baritondarsteller schmunzelnd: »Irgend jemand mußte es ja machen.« Und während die bösesten Gerüchte bei bester Stimmung ihre bösartigen Besitzer wechselten, trank von allen unbeobachtet *Anne-Sophie Mutter* das erste Bier ihres pummeligen Lebens. »Ich könnte jeden Tag eins trinken!« jubelte die begnadete Büchs, als sie auf ihrer *Stradivari* nach Hause rodelte.

Die allerletzte Inszenierung des Treffens bot dann viel Musik mit Kostümen und Perücken und ganz dicken Sängerinnen und Sängern. Abschließend übergab *Richard Wagner* (+) mit den schönen Worten, »Wir werfen keine Perlen vor die Säue, wir werfen gleich die Säue ins Parkett«, den *Heinrich-Schlußnuß-Wanderpokal*. Mit diesem Preis wird alljährlich »das stimmliche Schlußlicht und die dümmste Nuß der Saison« entwürdigt.

Preisträger *René Kollo*, der *Ernst Neger* für Fortgeschrittene, hört auch endlich auf. Allerdings will er nicht in die Fußstapfen des spitzen *Enrico Caruso* treten, der bekanntlich im New Yorker Affenhaus sehr gerne ihm fremde Damen abfingerte. Im Gegenteil. »Ich will jetzt nur noch das machen, was alle Männer über Fünfzig machen«, beteuerte René. Keine leeren Worte: Seit gestern sitzt er im nikotinweißen Netzunterhemd im Schrebergarten und bekommt Brust.

1987

Von der Politik

Vom Ziegelstein zur Kanzlersgattin

Hat nicht jede Frau etwas von einer Hure,
einer Madonna und – ich sage es frei heraus –
von einer Hannelore Kohl?
Freddy Quinn

Was hat eigentlich Hannelore, was ich nicht habe?
Simone Borowiak

Nicht, daß ich neidisch wäre. Aber es gibt Augenblicke im Leben einer Frau, da stellt sie sich die Frage: Wer bist du? Warum bist du eigentlich noch nicht Kanzlerin? Und wo warst du, als es andere bereits zur Hannelore gebracht hatten? Die Antwort gibt nur der *Lebenslauf*.

Als Backfisch im Pfälzischen hatte Hannelore sehr gute Karten. Hier mußte sie unweigerlich auf den ebenso Oggers- wie Friesenheimer Riesen stoßen bzw. er auf sie. Und mir, aufgewachsen im Oberhessischen, hätte gerade noch Heinz Schenk über den Weg laufen können. Oder, schlimmer noch, Liesl Christ. Aber die hätte ich beide nicht geheiratet. Bei Hannelore ging es Schlag auf Schlag: Vertreibung, Flucht, Helmut, Bungalow. So sieht er nun mal aus, der Lebenslauf von Hannelore. *»An dem Ausgang der Wahl habe ich keinen Augenblick gezweifelt«*, sagt Hannelore kurz nach dem Ausgang der Wahl. Kein Zweifel – keine Verzweiflung. In den Ohren von uns ewig Zerquälten muß dies wie Hohn klingen. Tut es auch. Nicht, daß ich es Hannelore nicht gönnen würde, aber schwingt da nicht eine beneidenswerte Ruhe mit? Ein schlichtes Überzeugtsein von der Serpentinenlosigkeit des Schicksals? Hie immer paletti allewege? Everything right in my Hemdblusenkleid? Womit wir beim Thema No. 1 wären: *Wer ist die Schönste im ganzen Land?* Na klar: Hannelore. In der rechten Geschmacks- und Gesäßpresse Beteuerungen und Elogen, Tenor: In ihrem raffiniert getafteten Dreiteiler mit elegant eingepaßtem Top verstand es die Kanzlersgattin, die bewundernden Blicke der Afghanen auf sich zu ziehen, oder: ... begeisterte die Kanzlersgattin die Inder mit einem witzigen Ensemble aus handgeschossenem Pepitapelz, und so weiter. Nichts kommt von ungefähr auf dieser Welt, jedes Hemd hat einen Schneider: Seit dem 30.9.86 ist Hannelore mit 458 900 DM Einlage Kommanditistin der Bekleidungsfirma Mey & Edlich. Da ist es natürlich ein Leichtes, in Rüschen, Bordüren, Passen und Volants herumzurennen und zu prahlen, während unsereins im unauffällig-billigen Mausgrau von Woolworth über den Erdboden kraucht. Und übersehen wird. Und keinen abkriegt. Schon gar nicht *Ihn, den Herrlichsten von allen!!*

Helmut, Hell-mut! Helmi. Mutmaus. Schmolle-Bolle.

Eigentlich läßt sich aus dem Namen nichts machen. Heutzutage heißt jeder Kellner Helmut. Trotzdem ist

Helmut herrlich. Findet jedenfalls Hannelore. Und außerdem ist er Kanzler und sie somit Kanzlerin. Was bekanntlich fast das gleiche ist wie Königin. Oder Päpstin.

So besitzt sie einen schönen, strammen, erfolgreichen Mann plus zwei mannbare Söhne.

Und ich habe noch nicht mal einen dünnen, häßlichen, erfolglosen Mann.

Der schöne stramme Mann hat Hannelore in nur 12 Jahren über 2000 Briefe geschrieben. Die reine Zauberei bei 4 Hilfsverben pro Minute. Ach, wer da mitlesen dürfte! Ach, wer auch soviel Kanzlerpost bekommen könnte! Was hat Helmut denn an Hannelore, was er an mir nicht haben könnte? Die »Bunte« sagte es mir: *»Heute, im Alltag, hat Helmut Kohl daheim das Sagen. So kann es passieren, daß er ein Frühstücksei, das seiner Frau zu weich geraten ist, kommentarlos zurückgibt; er hört keine Widerrede.«* Zugegeben – das hätte er bei mir nicht. Bin halt eine andere Generation und hätte Helmut das Ei um die Ohren geschlagen. Eventuell. Vielleicht. Immerhin ist er Kanzler. Und ich habe noch nicht mal einen guten Kühlschrank.

Aber die kleine Frühstücksszene läßt Bedenken aufkommen. Ist Hannelore denn glücklich? Sieht ihr Leben gar ganz anders aus, als es der gutgekleidete Schein vortäuscht? Leidet Hannelore etwa? Etwa so?:

»Sicher«, sagt Hannelore, »so habe ich mir meine Ehe auch nicht vorgestellt. Aber was soll man machen.«

Dämmerung senkt sich in den Kanzlerbungalow. Hannelore bedient die elektrische Heimorgel. Hier sucht und findet sie kurze Ablenkung von der Mühsal des Tages. Verträumt intoniert sie den langsamen Satz aus Beethoven, genau da, wo er am langsamsten ist. Eigentlich hätte sie lieber ein richtiges, von Hand zu betreibendes Klavier gehabt – Helmut war dagegen. »Wenn schon eins, dann aber auch eins mit Stecker und richtig Strom.«

Hannelore gab nach, auch wenn ihr »der schollernde Tonschleim aus diesem Drecksapparat manchmal gehörig auf den Nerv« geht. Aber Helmut liebt den schwabernden Klang des Instrumentes; es erinnert ihn an was. An den Algenschleim im Wolfgangsee?

Gewiß, eine übertriebene Vorstellung. Auf so etwas hätte sich Hannelore kaum eingelassen. Denn sie wußte genau, was sie erwartet; sie hätte sich retten können. 15 Jahre war sie alt, als sie Helmut kennenlernte. 12 Jahre lang war sie mit ihm verlobt.

Und Schwachsinn kommt selten über Nacht.

Ebensowenig wie Schönheit. Und da ich gerade davon rede: Die ist bei Hannelore wahrscheinlich getürkt, überlege ich mir gerade. Der ganze Körper zusammengeknutet und festgezurrt in einem Wirrwarr von Verstrebungen und Stützstrümpfen. Und drei Kosmetikerinnen schmirgeln stündlich nach. Ja dann! Dann bringt man es ohne Frage mit links so weit, daß selbst der Herr Gremliza einen im Buchtitel (»Wie Hannelore Kohl die Russen bezauberte«) adoriert und verewigt. Und mir gibt er auf der Buchmesse noch nicht mal die Hand. Nicht, daß ich neidisch wäre, aber es ist halt nicht weit her mit der Gerechtigkeit hienieden, Hannelore ist und bleibt höchst *beliebt*.

Von Shanghai bis Novosibirsk. Sie sahnt alle Handküsse ab und bekommt Komplimente bis zum Abwinken. Die fesche Kanzlersgattin wußte die Shanghaier und Novosibirsker mit einem elegant geschnittenen ...

In Rom, wo ich eine Tante besitze, kam Hannelore

besonders gut an. Bei meiner Tante. Die war von Hannelore zu einem Empfang in die deutsche Botschaft gebeten worden. Nicht etwa, weil sie meine Tante ist, sondern polnisch-deutsche Nonne. Sie und ihr Konvent schwärmten noch tagelang »Eine schöne Frau« »Und so vornehm!«.

Die Kanzlersgattin, in einem dezent dekolltierten Meßgewand, verstand es, die Delegation der polnisch-deutschen Tanten mit der ihr eigenen...

Geschenkt.

Sie ist und bleibt beliebt.

Seit ihrer Schirmherrschaft über die Zentralnervenunfallopfer liegen ihr jetzt auch noch sämtliche Hirngeschädigten Deutschlands zu Füßen! Was mir so tagtäglich zu Füßen liegt, darüber will ich hier nicht sprechen. Sonst bekomme ich noch *Depressionen.*

Kennt sie nicht. Hat sie nicht. Mag sie gar nicht. Und wenn es doch einmal ganz dicke kommen sollte (Fleck im neuen Kostüm, Walter und Peter unartig), bedient Hannelore die elektronische Heimorgel. Vielleicht gesellt sich dann noch Peter (Trompete) hinzu, von dem Hannelore stolz sagt: *»Sie sollten ihn hören. Er ist virtuos.«* Und es wird dann so lange geklimpert und geblasen, bis daß die schlechte Laune wie weggeblasen und weggeklimpert ist. Kriege ich den Blues, sitze ich tieftraurig und hochbedrückt unter meiner Brücke und proste mir so lange zu, bis der kleine Mann im Ohr wieder lustig wird. Oder auch nicht. Jedenfalls bekommt mein Blues nur den preiswerten Sprit, den Gosse und Gasse zu bieten haben, während Hannelore ihren harmlosen Kaffeedurst mit Château d'Yquem stillt. Nicht jeder kann sein Gemütspolster mit solch einem feinen Stöffchen beziehen. Hannelore kanns. Sie hat das dafür nötige *Großgeld.*

Hannelore ist todsicher reich. Alle Kanzlerinnen sind reich. Reich wie Könige. Oder Päpste. Scheichreich. Und alles netto. Unsereins muß sich in den großen Ferien in Kantinen und Werksküchen die Arme auskugeln lassen, Drecksblätter austragen und Blut spenden bis zur Anämie. Und das alles, um die Solex zu unterhalten, mit der man hinwiederum in die Kantine fährt und zum Roten Kreuz. Hannelore sitzt feist in einer Sänfte und wird unter Polizeischutz in das entferntest gelegene Delikateß-Geschäft geschunkelt, woselbst sie Spezereien wie Ameisenbris, Goldfischhirn und Platinsuppe ersteht und die Steuergelder überhaupt zum Sänftenfenster rauswirft. Und weil der Teufel stets auf den größten Haufen scheißt, läßt ihr der ebenfalls scheichreiche Herr v. Brauchitsch durch Helmut Kaviar pfundweise überbringen. Und sie läßt es sich schmecken. Es sei denn, Helmut hat das Zeug unterwegs aufgefressen. Es hilft nichts, ich muß die Vergleichsebene wechseln. Wo war ich denn immer ganz gut? In *Bildung*!

Im Bungalow soll es, laut Kohlbiograph Wiedemeyer, Literatur hageln. »*... Bücher im Überfluß. Nicht nur in der Bibliothek. Die offenen Regale, dicht vollgestellt mit Büchern, häufig noch im Schutzumschlag* (Sieh an! Anm. d. Verf.in) *bleiben nicht auf den Bibliotheksraum beschränkt. Auch auf dem Nachttisch liegen Bücher hochgestapelt.*« Mein Stichwort: Hochgestapelt. Man kennt das ja. Schlaue, dicke Bücher in offenen Regalen und unter der geschlossenen Bettdecke Lore-Romane schmökern! Bei unsereinem ist es dezent andersrum: Eine Diktion wie der Fleischer um die Ecke, dafür Kant u. ä. im Kopf. Man ist eben bescheiden. Im Gegensatz zu manch anderen »Damen«. Dennoch wird Hannelore als Intelligenzprotz abgefeiert, nur, weil sie fließend Französisch und Englisch spricht. Was ist schon groß dabei? Das kann jeder Franzose und Engländer auch.

Im übrigen hat das ganze Dolmetschdiplom nichts gefruchtet, Helmut begrüßt sein ausländischen Gäste immer noch mit einem herzlichen »Bona nox, meine Mesdames und Messieurs«. A propos nox: Was macht Helmut eigentlich, wenn es draußen finster wird? Na klar!

Sexualität! Bzw. Geteiltes Leid ist halbes Leid. Das sagt sich Hannelore bisweilen. Welche Gefühle mögen sie als Ehefrau, Gemahlin, Gattin und – Tacheles! – Bettgefährtin befallen, wenn sie mitansehen muß, wie Helmut bereits beim Sandmännchen die Knabberration für eine lange Kinonacht verschnabuliert hat? Wenn sie hört, wie im Nebenzimmer Schokoriegel enthüllt und ölige, ölige Nüsse geknackt werden? Wie der Herr Gemahl heimlich und sich unbeobachtet glaubend eine Anstaltspackung Pfanniknödel zu Wasser läßt? Wenn sie hört, wie der potentielle Bettgefährte im Nebenzimmer dicker und dicker wird? Und noch dicker?

Und stellen wir uns nun – Prüderie hin, Ekel her – einmal vor, wie es wäre, mit Helmut zu schlafen. Wie sich 130 kg Oggersheimer Lebendgewicht und Fleischeslust im Lastexpyjama röhrend der Schlafzimmertür nähern. Oder stellen wir uns das – Ekel hin, Prüderie her – lieber doch nicht vor. Immerhin können wir nun erahnen, warum Juliane Weber und Hannelore laut »Spiegel« die besten Freundinnen sind.

Nicht etwa, obwohl, sondern weil sie sich denselben Mann teilen. Das macht 65 Kilogramm pro Frau und ist somit wieder erträglich.

Bleibt eine Frage: Wie nennt sich solches? Vögeln?

Nie. Für den Vorgang »Geschlechtsverkehr mit Kanzler Kohl« muß ein neues Verbum geschaffen werden.

Hier ist der Linguist gefordert.

Um noch ein letztes Mal – nicht, daß es mich sonderlich interessieren würde – auf die leidige Schönheitsfrage zurückzukommen; die muß doch auf den Punkt zu bringen sein. Vielleicht so?

Was mir der Herr an Schönheit gab, zog er Hannelore von der Intelligenz ab? Nein. Falsch. Was der Herr Hannelore an Intelligenz versagte, zog er mir von der Schönheit ab? Aber das wird ja immer verquerer. Also: Was mir der Herr an Intelligenz gab, hat er Hannelore bei der Schönheit drauf...?

So kommen wir nicht weiter.

Ich beende diesen unerquicklichen Absatz mit einer meiner geschniegeltsten Sentenzen:

Schönheit vergeht von alleine,
Intelligenz muß man versaufen.

Solche Sätze soll mir Hannelore erst mal nachmachen! Und solch' große Sätze im Erzählbogen erst!

Hannelore ist die *Mutter der Kompanie*.

Hat organisatorisch alles im Griff, ist logistisch eine Bombe. Stets hat sie Rinderrouladen und Mischgemüse im Kühlschrank. Falls Besuch kommt (Verwandtschaft, Journalismus).

Ich habe noch nicht mal einen Kühlschrank. Geschweige denn Besuch.

Auf Staatsreisen: Hier ein abgerissener Knopf, dort ein zermürbter Schnürsenkel – kleine Schnittwunde am Daumen? Senf auf dem Schlips? Hannelore steht Pflaster und Fleckenteufel bei Fuß. Richtet mit mütterlicher Geste Revers und Hosenstall. Und sieht dabei noch aus wie frisch aus dem Ei gepellt. Ich habe auch immer alles dabei und sehe doch aus wie die Schlampe von nebenan.

Es ist ein Kreuz.

Resümee

Wir alle schlingern durch die Fährnisse des Lebens; einsam und ausgeliefert. Mit unguter Affinität zum Extrem:

Heute Tag, morgen Nacht, gestern Ebbe, manchmal Flut; zwischen diesen Polen trudelt das Sein. Liebe & Haß, Sonne & Regen, Cindy & Bert. Nur wenigen gelingt es, sich rechtzeitig auf eine Seite zu schlagen. Es sind dies die ewigen Hannelores und die ewigen Helmuts.

Wir hingegen, einsam, haltlos, vom Schicksal, nix Kühlschrank, keine Freuden, trostlos, trostlos, trost ... Jetzt muß ich aber wirklich Schluß machen. So kann es nicht weitergehen. Eben höre ich auch noch Sven und Alex im Treppenhaus, Himmel! Um 20 Uhr Souper bei Ranicki! Da heißt es, rasch die Strumpfnaht gerichtet! Tschüß Hanne! Ich muß weiter! Hat mich gefreut!

Jetzt hör ich sie im Treppenhaus
Dann gehn wir zu Ranickimaus
und dann noch einen
stecken weg!
Trala-lila-trullalla!
Treppenhaus!
Ranickimaus!
Ranickimaus und
Treppenhaus ...

Vom Militär

Aus einem pazifistischen Landserheftchen

Der 3. Zug hält sich nun schon seit zwei Wochen in der alten Scheune versteckt. Plötzlich erschallt – ganz ohne Vorwarnung – ein lautes Knattern und Ballern von vermutlich feindlichen Selbstfahrlafetten. Gleich darauf erfüllt brenzliger Geruch die Scheune. Kein Zweifel; Unteroffizier von Schlegelmilch hat sich schon wieder in die Uniform geschissen. Durch die Knallerei wird endlich auch der Obergefreite Putzi rege, der sich bereits seit 48 Stunden totgestellt hat: »Wenn es nicht gleich was zu mampfen gibt, geh' ich nach Hause!« droht er in seiner unnachahmlichen Art. »Jaja, Putz«, beruhigt ihn der Untergefreite Bimmelbahn, »Türpitz wollte um 13 Uhr den Milchreis vorbeibringen. Dann können Sie wieder tüchtig zulangen!« Erleichtert läßt sich Putzi auf einen Schlafsack nieder, wo General Goggo mit zwei Dienstabwehrgrenadieren einen gepflegten Skat drischt. Gleich zu Beginn des Kriegslärmes unterbricht der General kurz das Spiel und läßt die Karten sinken: »Von dieser Knallerei wird mir immer so schlecht!« bekennt er seinen Kameraden. »Das geht uns allen doch so«, tröstet ihn Grenadier Schröder, der nur ›Nullouvert‹ genannt wird. »Aber stellen Sie sich mal vor, wir müßten da raus! Das wäre erst mal ein Ding!« ergänzt Grenadier Ramsch. Der General reagiert autoritär: »Nun malen Sie mal nicht den Teufel an die Wand, Ramsch. Hier habe ich die Befehle vom Verteidigungsminister. Direkt von der Weichhöhe. Und da steht: Sollte es zu Knallereien kommen, so hat sich der Soldat so lange in einem geschlossenen Raum zu verbergen, bis da draußen alles wieder ruhig ist.« »Und wozu haben wir dann diese Dinger hier?« fragt Putz aufsässig und schwenkt sein Maschinengewehr. »Menschenskind, Putzi, nehmen Sie das Ding runter. Es könnte geladen sein. Und lesen Sie mal, was draufsteht. Vielleicht sind Sie dann ein bißchen klüger!« Die anderen lachen höhnisch, als Putzi endlich die MG-Inschrift entziffert hat: »Der Bundesverteidigungsminister: Schießen gefährdet Ihre Gesundheit und die anderen Menschen. Das Blei einer MG enthält so viel Dreck, dafür könnten Sie ungeschoren 50 Jahre lang rauchen.«

Plötzlich wird die Scheunentür aufgerissen. Sofort geht alles in Deckung. Ein aufgelöster junger Mann wirft die Tür wieder hinter sich zu und sackt, am ganzen Leibe zitternd, zu Boden. Sofort stürzen Putz und General Goggo mit Riechsalz auf ihn zu. Sie halten es ihm unter die Nase. »Hier, Kamerad, das wird Dich wieder auf die Beine bringen! Was ist denn bloß passiert?« Der junge Mann öffnet nur zögernd die Augen und scheint erleichtert, all diese stämmigen Männer mit den braunen Hosenboden vor sich zu riechen.

Stockend erzählt er: »Ich bin vorhin nur kurz aus unserem Unterstand am Vier-Jahreszeiten weggegangen.

Uns waren die Videotapes ausgegangen. Und als ich kurz vor der Videothek war, da fing es plötzlich an zu ballern. Ich habe mindestens 14 Haken geschlagen, bis ich an eure Scheune gekommen bin.« Alle staunen bewundernd. 14 Haken, das ist eine Leistung. Selbst die Ältesten unter ihnen haben in diesem Feldzug höchstens 7-8 Haken geschlagen: »Menschenskind, Kamerad«, freut sich Nullouvert, »das sieht ja verdammt nach einem Zitterkreuz I. Klasse aus!« Die anderen klopfen dem jungen Feigling anerkennend auf die Schulter. »Au, nicht so fest!« quiekt er auf. Und lachend gehen alle wieder hinter ihre Plätze. Keinen Augenblick zu früh, denn schon wieder wird die Tür aufgerissen. Ein verwirrt blickender ausländischer Soldat fällt atemlos zu Boden. Beherzt greift General Goggo wieder nach dem Riechsalzfläschchen. »He, was ist denn mit Ihnen los? Können wir Ihnen helfen?« Der verwirrte Fremde schaut fassungslos in die übernächtigten Augen der Soldaten. Er stammelt: »Bin ich gegange su Automat von Sigarette. Da – bumbumbum! Ich gros Angst habbe. Du höre bumbumbum?« »Jaja«, beruhigt ihn von Schlegelmilch. »Wir haben das furchtbare Geknalle auch gehört. Sehen Sie mal, meine gute Uniformhose. Ganz verschissen.« Der Fremde lächelt dünn und zeigt lautlos auf seinen eigenen Hosenboden. »Ich auch Angst habbe. Aber nur mache klein.«

Da ruft plötzlich der Funker laut los: »Leute! Ich hab' Verbindung mit dem 2. Zug! Entwarnung! Es ist alles in Ordnung! Wißt ihr, warum es geknallt hat? Heute ist Silvester!« Alle stutzen einen Moment, dann hört man Prusten und Gackern, und die Kameraden fallen sich erleichtert gegenseitig um den Hals.

1991 (Golfkrieg)

Poesie

Der Alleswisser

Stell' mir irgendeine Frage!
Alles weiß ich! Und ich sage
Dir die absolute Wahrheit!
Knapp, prägnant, in aller Klarheit.

Frag' mich einfach, beispielsweise,
nach Karl Karstens Lieblingsspeise.
Oder frag' mich besser noch
nach der Schuhgröße von Bloch!

Frag' mich bitte etwas schneller.
Wer starb wo wann Helen Keller!
Oder wieviel Liter Bier
trinkt pro Tag das Gürteltier!

Komm schon! Willst Du gar nichts wissen!
Auf der Welt gibt's wieviel Kissen!
Und wie viele Millionäre
passen in die Stratosphäre!

Wieviel Kilo wiegt ein Hintern!
Wo tun Krabben überwintern!
Welche Einwohner hat Gießen!
Wer gewann das Zwergeschießen!

Warum kann man Blinde sehen!
Warum kein Wort Gnz verstehen!
Welcher hochberühmte Mann
zog sich täglich nackert an!

Haben Konditoren Hoden!
Wie ernähren sich Maroden!
Können Neger autofahren!
Kann man alte Omas sparen!

Frag' mich alles! Bis auf eine
Frage, eine hundsgemeine!
Frag' mich niemals: ▬▬▬▬
Weil ich das nun gar nicht weiß!

Abendgebet eines vom Glauben abgefallenen Indianers

Dicker, dummer Manitou!
Keiner ist so dick wie Du!
Keiner ist so dumm wie Du!
Dicker, dummer Manitou!

Frühling – Im Übergangsmantel zu singen

Schäbig farblose Naturen,
nein, ihr könnt mich nicht entzücken,
hängt am Bahndamm, graue Büschel,
wie verschlissene Perücken.

Nasse Haare, Sisalmatten,
Pfütze, Pfütze, Tümpel, Teich,
kalte Hände, kurze Schatten
und vor Gott sind alle bleich.

Sommer – Sommermelancholie

Sanft richtet sich das Abendrot zugrunde,
kein Vogel tschilpt im Nest.
Der alte Fuchs dreht seine letzte Runde
und wünscht dem Wienerwald die Pest.

Der Fliegenpilz behandelt seine Akne
und stäubt sich Puder unter die Lamellen.
Der alte Bock sitzt still auf seinem Bänkchen
und checkt von Weitem die Gazellen.

Auch ich geh jetzt von hinnen
im letzten Abendscheine
dem Abendrot entrinnen.
Und du, o Leser, weine.

Herbst – In Verwesung

Geh ich in die Welt hinaus
frühs um acht
frühs um acht
geh ich in das Geldgeschäft
schieb ich meinen Leib im Kaufhaus
und im Laden
vor mir her
Hinterdrein
Hinterdrein
kegelt lahm mein Kopf
Drin steckt noch die Nacht.

Schieb ich meinen finstren Leib
durch den Morgen Vormittag
in die Pause rein.

Mittags klapp den Kopf ich auf
zwischen Früh und Abendrot
klapp den Kopf ich auf.

Schiebe meinen Mittag rein
Braten und Salat und Kloß
klapp ihn wieder zu
Nachmittag Nachmittag
schieb ich meinen Bratenleib
durch das Kaufhaus und den Laden
Obendrauf
Obendrauf
wackelt schwer mein Kopf
Drin steckt noch der Kloß.

Durch den Nachmittag zum Abend
schieb ich weiter meinen Leib
mit Salat und Kloß und Braten
Abends fällt der wieder raus.

Dann schieb ich den Leib zurück
aus dem Geldgeschäft ins Freie
und nach Haus
Vorneweg
Vorneweg
drängt mein bratenleerer Kopf.

Zwischen Abendbrot und Nacht
klapp den Kopf ich auf
Schiebe meinen Abend rein
Brote und Salat und Wurst
klapp ihn wieder zu.

Abendrot
Abendrot
schieb ich meinen müden Leib

durch das Zimmer
in die Nacht
Wurst fällt wieder raus.

Dann schieb ich den Leib ins Bett
Brotkopf liegt dabei
Drin steckt noch Salat und Kaufhaus
Morgen Vormittag und Pause
Nachmittag und Abend
Abendrot und Abendbrot
Wurst ist ja schon raus

Winter – Stadtwinter

Schwefelgelber Himmel
Winterliche Pracht
Auf den Dächern Schimmel
In den Herzen Nacht

Kommt ein Straßenräumer
Räumt uns alle ab

Unsicherheit

Wo ist der Himmel?
Wo Deine Hand?
Wo ist mein Schuh?
Wo ist mein Land?

Wo ist der Schlüssel?
Wo ist mein Kleid?
Wo ist die Liebe?
Bald bin ich's leid.

Wo ist mein Liebster?
Wo ist der Sinn?
Wo ist die Hölle?
Herrje! Ich bin drin!

Bleib sauber!

Vor dem Schlafen
nach dem Essen
Zähneputzen nicht vergessen!

Vor dem Keilen
nach dem Prügeln
unbedingt die Hose bügeln.

Vor dem Morden
nach dem Sengen
Sakko an die Frischluft hängen.

Nach dem Weltkrieg sollst Du ruhn
oder tausend Schritte tun.

Selbsterkenntnis

Mein Maul ist ein Löwe,
mein Herz ein Kaninchen.
Von fern bin ich Zora,
von Nahem: Sabinchen.

Hommage an Lionel

Mit diesem Gedichtzyklus soll ein Mann geehrt werden, der nicht nur früher Chefredakteur des Blödel-Blättchens »Titanic« war, sondern obendrein auf den wunderschönen Namen Lionel van der Meulen hört. Diese beiden Eigenschaften ließen Hans Kantereit und Simone Borowiak nicht ruhen, und sie begannen im Spätsommer 92, einen Zyklus von Lionel-verherrlichenden Gedichten anzulegen. Lionel selbst stimmte einer Veröffentlichung zu, da er »immer schon für ein Lob der Virilität« gewesen sei. Die gekonnte Abmischung aus Versmaß und Ferkelei wird für die Schweinchen unter den Lesern von nicht geringem Interesse sein.

Unterwegs

In München steht ein Hofbräuhaus,
's Atomium steht in Brüssel.
Vorm Hauptbahnhof steht Lionel
und knetet sich den Rüssel.

Fernweh

Es geht ein Flug der Lufthansa
um drei in die Kariben.
Von van der Meulen stammt der Fleck
auf Sitzplatz Nummer sieben.

Frühlingsimpressionen

Alle Vögel sind schon da,
Amseln, Drosseln, Eulen.
Die Abgänge im Unterholz
gehören van der Meulen.

Herbstimpressionen

Das Gras wird gelb, das Laub wird braun.
Entblättert stehn' die Rosen.
Die Welt schaut heut so fleckig aus
wie sonst nur Lionels Hosen.

Schwarzer Kontinent

Im Beach-Club ist der Teufel los
und alles säuft Campari.
Die Männer sind im Swimming-Pool,
die Frauen auf Safari.

Die Sonne gleißt, die Steppe dampft.
Ein Löwe wird erschossen.
Und Lionel will heut noch ran.
Das hat er grad beschlossen.

Kleines Rätsel

Wer sitzt im Bus und atmet schnell?

Kleiner Reim, vom Leser zu vollenden

Der Lionel liegt im Bett und liest
ein Buch von Tania Blixen.

Spirituosen leben

Frau Magenbitter haut's vom Stuhl,
Herr Dornkaat liegt daneben.
Eifrig bemüht sich Pommery,
versucht, sie aufzuheben.

Dem jungen Korn ist nichts mehr klar.
Frau Gin sieht eine Maus.
Herr Pils beugt sich zu weit nach vorn
und fällt zur Flasche raus.

Alles verdunstet, schwappt und ölt,
entkorkt sich auf den Tischen.
Auch Fräulein Selters wird es schlecht:
Sie muß hier morgen wischen.

Die glückliche Hausfrau
oder
So geht das jeden Abend

Gelassen stieg die Nacht ans Land,
da ist mir etwas angebrannt.
Ich glaub', es waren Linsen.

Die hab' ich meinem Mann serviert.
Der hat sehr dreckig reagiert.
Ich glaub', er mußte grinsen.

Drauf schmiß ich noch zwei Würstchen rein
und dachte: Friß doch, altes Schwein!
Und ging sofort zu Bett.

Dort hat mein Mann
mich aufgeregt und jesusmäßig flachgelegt.
Ich glaub', es war sehr nett.

Motel

Kaviar und Ehebett
Seifchen weiße Kissen
Fernseh an und Wein herein
und viel küssen müssen
Reine Kissen
dreckig lachen
lauter schlimme
Sachen machen.

Wer mit wem

Ein astrologischer Vierakter

I.
Ich Schützenbock,
Du Wasserwaage:
Wir verstehn uns.
Keine Frage.

II.
Ich Jungskorpion,
Du Zwillingsstier:
Da gibt es nichts.
Du paßt zu mir.

III.
Ich Bockfischkrebs,
Du Widderstein:
Es könnte gar nicht
besser sein.

IV.
Ich Löwenstein,
Du Wasserfisch:

O guter Gott!
Ich liebe Disch!

Aufregung & endlich Ruhe

Mein Herz schlägt heute viel zu schnell.
Mein Auge sieht heut viel zu hell.
Mein Knie ist heute schmächtig, schwach:
Ich glaub, heut bin ich mächtig wach.

Der Kaffee geigt in meinen Ohren,
Adrenalin tobt traumverloren,
meine Aorten sind zu voll.
Jetzt etwas Ruhe! Das wär toll.

Drum fahre ich die Ohren ein,
drum stelle ich mein Herz auf »klein«
und klappe meine Augen zu.
Rawummms: Da hab ich meine Ruh.

Das Ende vom Lied

Auf dem Sofa
auf dem Sperrmüll
sitzt mein Opa
und sieht rot

Abendhimmel
ist verhangen
Oma ist schon
vorgegangen

Auch das Sofa ist längst tot.

Drama

Papst Pit startet durch

Ein Schwank aus dem katholischen Milieu

PERSONEN:
PAPST PIT
HERR NORBERT RÖSSKE
HERR HÖRB SEIBERT
DER HASE HERR INGO
DIE PUTZFRAU ROSI
DER FUCHS HERR WILLI

Boulevardtheater-Ausstattung. Wohnzimmer, im Zentrum ein Sofa, viele Türen, Eßecke. Rößke und Seibert sind gekleidet wie durchschnittliche Senioren unserer Zeit.

Die Handlung: Der stark hessisch sprechende Papst Pit I. braucht Ruhe, um an einer Enzyklika zu arbeiten. Also reist er in seine alte Heimat, um ein ruhiges Plätzchen zu finden. Wegen eines Unwetters kommt er bei dem großherzigen Herrn Rößke unter. Der lebt in einer Wohngemeinschaft mit dem Griesgram Seibert. Es suchen aber noch einige andere »Gäste« bei Herrn Rößke Schutz vor dem Gewitter...

I. AKT, 1. SZENE

Rößke sitzt auf dem Sofa und liest die FAZ. Vor ihm ein Gläschen Wein. Neben ihm sitzt Seibert und probiert Perücken auf. Vor ihm eine Flasche Bier und Salzstäbchen sowie ein kleiner Spiegel.

SEIBERT *(weiterprobierend)*

Isch glaab, es kommt was uff.

RÖSSKE

Hm.

SEIBERT

Isch maan, 'n Gewiddä. Mit Blitz un Donnä un so.

RÖSSKE

Das könnte wohl sein, Hörb.

SEIBERT

Wie findese dann die jetzt? Steht die mir? *(Dreht sich zu Rößke)*

RÖSSKE *(Schaut ihn lange und überlegend an)*

Hm, mir scheint sie ein wenig kapriziös, Hörb. Sie wollen doch, daß Ihr Damenmuseum breite Akzeptanz findet. Also würde ich mich an Ihrer Stelle auf das natürlich-damenhafte beschränken, und nicht derartige Kokottenfrisuren...

SEIBERT

Scheiße. *(Packt die Perücken in eine Kiste)* Gibt's was Neues in de Zeitung?

RÖSSKE

Nicht viel, außer, daß wir den besten Baseballspieler verlieren, den Grovers Corners je gehabt hat. Hätten Sie das getan? Nur, um zu heiraten?

SEIBERT

Isch hätt diese Antwort ebe nur gegebe, wann isch wie Sie zuviel Thornton Wilder gelese hätt. Und sonst?

RÖSSKE

In Mölln, Rostock, Solingen, Hamburg, Frankfurt, Berlin, Bad Vilbel, Melsungen, Schlitz, Traunstein...

SEIBERT

Es reischt. Gibt's vielleischt auch was Positives? Isch maan, außä unsäm Hausmeistä sein Prostata-befund?

RÖSSKE

Der neue Papst will eine Enzyklika schreiben.

SEIBERT

Worüwwa! Homos? Neschä? Teschnologie? Odä üwwäs Ficke! (*prustend*) Weil, davon verstehe die Brüdä ja was!

RÖSSKE *(Streng)*

Hörb, ich muß sehr bitten. Nicht in diesem Ton! Kaum jemand hat sich auf dem Gebiete des Geschlechtsverkehrs so kundig gemacht wie die Kirchenmänner. Wer beispielsweise hat denn herausgefunden, daß die Missionarsstellung bei Verheirateten völlig unschädlich ist, während ein unehelicher, analer Dreierbob direkt ins Purgatorium führt? Außerdem schreibt der Papst tatsächlich über ein Thema, daß er sehr gut kennt: Er schreibt diesmal über sich selbst. Arbeitstitel: »Ein Hesse in Rom oder Pit der Erste – wie ich wurde, was ich bin.«

SEIBERT *(noch immer prustend)*

Kerlenaa! Wenn ihm da mal kaans dazwischefunkt, was Ratzingä heißt.

(Ein Unwetter bricht los)

SEIBERT

Isch habs doch gewußt.

RÖSSKE

Ratzinger?

SEIBERT

Gewittä.

RÖSSKE

Ich gehe dann mal Häppchen richten. *(Seibert zieht ein Paket mit Handtäschchen hervor und betrachtet sie, während Rößke, die Hausarbeiten verrichtend, ruft)* Wir haben heute übrigens einen Gast. Nur, damit Sie sich nicht erschrecken oder ihn durch Anstarren in Verlegenheit bringen: Es ist ein Hase.

SEIBERT

'n Haas? *(brummelnd)* Nasowas, was der ahl Rößke all anschleppe tut. Demnächst kommt der noch mitnem Skunk odä ner Kobra odä nem Innenministä. *(laut)* 'n Haas soll mir rescht sein, Nobbät.

(Es klingelt)

RÖSSKE

Das muß Herr Ingo sein. *(öffnet)* Ja sowas, Herr Ingo! Treten Sie doch näher.

SEIBERT

Kerlenaa!!

(Herr Ingo ist von unverschämtem, jedoch manierlich verschlagenem Auftreten)

INGO

'n Abend, Norbert. Du, vielen Dank, daß ich bei euch knacken kann.

SEIBERT

Knacke? *(ergeben)* Knacke.

(Ingo ist auf das Sofa zugegangen)

INGO

Grüß dich. Ich bin der Ingo. *(Läßt sich aufs Sofa fallen.)*

RÖSSKE

Das Abendbrot ist gleich angerichtet, Herr Ingo. Ich hoffe, Sie haben einen tüchtigen Appetit mitgebracht.

INGO

Das kann man wohl sagen. Die Rennerei auf den Ämtern macht einen ganz schön fertig.

SEIBERT

Ämtä?

RÖSSKE

Herr Ingo sucht sich eine Arbeit. Nicht wahr, Herr Ingo?

INGO

Jaja.

SEIBERT

Interessant. Un was hawwese denn gelernt?

INGO *(ausweichend)*

O, so dies und das. Hauptsächlich mache ich in Holz. Aber heute hat mans halt nicht mehr so leicht wie früher. Also eigentlich will ich lieber was mit Menschen machen.

SEIBERT

Ei was denn? Anknabbän? Hehe...

INGO *(weinerlich)*

Das finde ich gar nicht komisch. Du hast wohl was gegen Hasen?

RÖSSKE

Das Essen ist fertig! Zu Tisch, meine Herren!

SEIBERT

Da sieh mal an: Lachsröllschä! Schlemmähappe! Nobätt, Sie hawwe sisch awwä ganz schön ins Zeug geleschT. Awwä wo sin dann die Mohrrübe? Für den Haas?

INGO *(weinerlich)*

Das muß ich mir nicht gefallen lassen! Ich bin auch nur eine Kreatur wie du! Wenn es kalt ist – friere ich nicht? Wenn es warm ist – schwitze ich nicht? Wenn Ihr mich kitzelt – lache ich nicht? Wenn Ihr mich tötet – sterbe ich nicht? *(feierliche Pause, dann greinend)* Und wenn ich einen Mordshunger habe – darf ich dann keine Lachsröllchen essen? Buhuhu.

RÖSSKE

Da sehen Sie, was Sie grober Klotz angerichtet haben! Herr Ingo, grämen Sie sich nicht! Hörb wollte nur scherzen, und dabei ist er *(wütender Seitenblick)* ein wenig verunglückt. Greifen Sie zu.

SEIBERT

Awwä... awwä... isch dachte...

INGO *(wie umgeschaltet)*

Danke, Norbert. Bistn feiner Kerl. *(langt tüchtig zu)*

SEIBERT

Kerlenaa, was in son Haas all neigeht! Da muß ma sisch ja beeile! Wo habt ihr eusch üwwähaupts kennegelernt?

RÖSSKE

An der Bushaltestelle. Herr Ingo bat mich um Feuer.

SEIBERT

Was? Rauche tut der aach noch? Isch werd net mehr!

INGO

Du rauchst doch auch!

SEIBERT

Tu isch net!

INGO

Doch!

SEIBERT

Isch werd doch wohl mei eigene Lung kenne! Isch rauche nischt!

INGO

Doch! Und zwar vor Zorn! *(Er und Rößke brechen in Gelächter aus)*

SEIBERT *(beleidigt)*

Könnt isch noch was von der Mottadella hawwe, natürlisch nur, falls der Haas irgendwas in der Schlachtplatte ausgelasse hat?

RÖSSKE

Nun seien Sie nicht eingeschnappt, Hörb. Das war doch ein sehr passables Wortspiel.

SEIBERT

Uff meine Koste...

RÖSSKE *(kichernd)*

Du rauchst doch auch ... gut gegeben, Herr Ingo ... Du rauchst doch auch ...

(Es bummert gegen die Tür)

RÖSSKE *(im Theaterton)*

Wer mag das sein?

SEIBERT *(muffig)*

Des läßt sisch eruiere, wannse ganz einfach die Tür öffne!

(Rößke öffnet, der Papst tritt ein, in vollem Ornat, aber vom Regen durchnäßt. Er schüttelt seine Tiara aus.)

PIT

Dominus vobiscum, ihr Leut. Derf isch misch

vorstelle? Isch bin der neue Papst, Pit der Erste. *(demütig)* Könnte isch vielleischt bei eusch knacken?

Licht weg, alle rennen umeinand', um die nächste Szene vorzubereiten. Es herrscht ein Höllenlärm auf der Bühne, der Hase wird umgestoßen.

RÖSSKE

Malefiz, der Hase ist umgefallen. Hilft mir mal jemand, den Hasen wieder aufzurichten?

PAPST

Da laß mal den Papst ran. Der Papst, der wird's schon rischten. So. Geschafft.

SEIBERT

Geht's da bald weidä? Isch hab' mei Zeit aach net gestohle. Isch muß nachher noch nübbä, den Hamlet mache!

RÖSSKE/PAPST/HASE

Jaja, los, weiter gehts!

2. SZENE

Der Papst, in eine Decke gehüllt und mit Tiara auf dem Kopf, schlürft auf dem Sofa heißen Tee. Eine Rumflasche steht auf dem Couchtisch; diese wird im Verlaufe des Abends vom Papst geleert werden. Die anderen sitzen um den Papst herum.

RÖSSKE

Ja, sind Sie denn den ganzen Weg von Rom hierher zu Fuß gegangen?

PAPST

Isch bin geträmpt. Awwä die Leut sin ja so mißtrauisch heutzutage; die nemme noch netemal den Papst mit, wann der am Straßenrand steht.

(schaut sich um) Gemütlich habt ihrs hier. Des is doch was annäres wie im Vatikan mit seine Steinfußböde un dem ganze Lametta. Neulisch bin isch mal aus Väsehen in de sixtinisch Kapell' eingeschlafe – isch hatte halt 'n bissi gefeiät, ihr wißt schon, awwä des ging uffs Kreuz, sach isch eusch, des ging uffs Kreuz ... etwa so schlimm wie seinäzeit in Golgatha, hehehe!

(Alle lachen).

SEIBERT

Warum sin Sie üwwähaupt ausgebüxt?

PAPST

Isch bin net ausgebüxt, isch hab' Studienzeit, da muß isch schweige und in misch gehe; isch bin jetzt quasi in Nomenklatur. Außädem muß isch doch ne Enzyklika schreibe, des hat mir der Ratzingä uffgebrummt. Un jetzt such isch ein ruhiges Plätzschen, wo isch des mache könnt. Im Vatikan kriegt mer ja net sei Ruh. Alsfott des Gebimmel un Gebete ... da kommt mer doch zu nix.

RÖSSKE

Schreiben Sie die Enzyklika doch einfach bei uns! Es wird uns eine Ehre sein!

PAPST

Ehrlisch? Werklisch? Isch derf bleibe? *(begeistert)* De Hä sei mit eusch!

RÖSSKE

Und mit deinem Geiste.

SEIBERT

Nobbät, pst, mir hawwe doch schon den Haas im Haus! Und jetzt aach noch 'n Papst?

RÖSSKE *(winkt heftig ab)*

Ich habe mir schon immer mal gewünscht, daß in meinem Hause etwas von historischer Bedeutung geschieht; so etwas wie Jalta, oder die Geburt Goethes; aber jetzt wird hier, in diesen Räumen, eine echte Enzyklika verfaßt werden! Ich freue mich wie ein Kind!

SEIBERT *(zornig wispernd)*

Wann Sie so scharf sin uff historische Äeignisse: Isch könnte Ihnen jetzt sofott eine Oktoberrevolution hinlege, wo sisch gewasche hat! Odä, bessä noch *(mustert Ingo, der sich an der Bar zu schaffen macht)*
einen Pragä Fenstästurz.

PAPST *(räkelnd)*

Ach Kinnäs, heut is mei Glückstach. Isch könnt die ganze Welt umarme! Un wer is dieses liebe Tierschen?

INGO

Ich bin der Ingo.

PAPST

Aha, aha, und was machst du dann so?

INGO

Ich mache hauptsächlich in Holz.

PAPST

Isch mach hauptsäschlich ins Klo! Hahaha.

(Papst und Seibert brechen in Gelächter aus. Rößke lächelt gequält)

HERR INGO *(beleidigt)*

Du, Norbert, ich bin wahnsinnig müde. Wo ist denn das Gästezimmer?

RÖSSKE

Momentchen, ich muß überlegen. Die Logistik ist gar nicht so einfach. Also: Der Papst . . .

PAPST

Sag doch einfach Pit zu mir. Des paßt, wackelt und hat Luft!

Rösske

O, ich fühle mich geehrt. Auf Du und Du mit dem Pontifex! Wenn ich das erzähle, das glaubt mir doch kein Mensch! Also, der Pit bekommt mein Zimmer, Herr Ingo nimmt das von Herrn Seibert.

Seibert *(protestierend)*

Kommt gar net in Frache! Nachher hab isch so Hasenböllä uffm Lake!

Ingo *(weinerlich)*

Ich kann doch nichts dafür, daß ich obdachlos bin. Meine Eltern sind gestorben, da war ich noch sooo klein! Buhuhu!

Papst und Rösske *(durcheinander)*

Das war nicht in Ordnung, Hörb! Da kommt eine hilflose Kreatur, und was machen Sie? Sie beleidigen sie in einem fort.

Papst

Nee, Hörb, so rischtisch christlich war des jetzt net!

Seibert

Gutgutgut, isch nemm's zurück, isch entschuldige misch, der Haas kriegt mei Zimmä und gelobt sei Jesus Christus! *(beiseit)* Awwä wann isch auch nur aan Hasenbölla find... Und wo schlafe mir, Nobätt?

Rösske *(erklärend zum Papst)*

Wir haben noch Luftmatratzen.

Seibert *(triumphierend)*

Die hawwese awwä väliehn! An die Rosi!

Rösske *(erklärend)*

Unsere Putzfrau. Da rufe ich jetzt einfach an, und dann bringt sie die Matratzen vorbei.

(Rößke geht ans Telefon, Ingo öffnet Türen, der Papst schenkt sich Rum nach)

SEIBERT

Isch werd net mehr. He, Ingo, des is net mein Zimmä. Danebe isses!

INGO *(öffnet Tür und schaut rein)*

Aha, ich seh schon, daß das deine Butze ist. Naja, über Geschmack läßt sich streiten.

SEIBERT *(will aufbrausen, der Papst stoppt ihn)*

PAPST

Halthalthalt, immä friedlisch, immä bamhätzisch – oder wie isch in meinä Antrittsrede formuliert hab: Immä langsam mit die junge Pferdschä!

SEIBERT

Isch bin ja schon ganz ruhisch.

RÖSSKE

Rosi kommt jetzt gleich vorbei. Es wird alles gut, Hörb. Gastfreundschaft fordert halt ihren Preis. Und wenn Sie in der mißlichen Lage wären, obdachlos zu sein oder eine Enzyklika schreiben zu müssen, würden Sie sich auch über jede Unterstützung freuen.

PAPST

Apropos Enzyklika: Hä Rößke, Sie scheinen mir doch ein Mann von Bildung un so weitä: Könne Sie Latein? Isch sag des jetzt, weil – *(senkt die Stimme)* in Latein bin isch ganz schön schwach uff de Brust. Des alles da mit Konjunktion un Deklination un Indikation – des bring isch alsfort dorschenannä. Un de Ratzingä is streng, sie hawwe des ahl Sauergesischt ja sischä schon ma im Fernseh gesehe, der kennt da nix.

RÖSSKE

Nunja, es ist eine Weile her, daß ich mein großes Latinum machte, aber ich denke, das kriegen wir schon hin.

SEIBERT

Des scheint ja ganz schön anstrengend zu sein, des Pontifikale da.

PAPST *(jammernd)*

Frach net nach Sonnenschein! Als isch des gleisch im ersten Wahlgang geschafft hatte, hab isch misch schon sehr gefreut. (stolz) Isch hatte awwä auch eine Kampagne! Des war der Hammä der Saison. Des war *des* Stadtgespräch in alle Trattorias un Albergos un so. Der ganze Vatikan war zuplakatiert mit meinä Visage un drunnä hab isch geschriwwe:
»Immä gläubisch, immä fit:
Des find mer nur beim Kardinal Pit!«

SEIBERT

Bravo, des is Klartext!

RÖSSKE

Sehr schön, doch, das swingt, sozusagen.

PAPST

Odä ein annäres:
Hält des Konklave uff Benimm,
Gibt es dem Kardinal Pit sei Stimm.
Und dann hatte isch noch so Männä gemietet, so Sandwichmännä. Die sin mit Plakate vorne und hinne am Leib dorsch die Stadt gegange un ham Fähnschä verteilt, un isch uffm großen Stimmungswage hinnäher; un dann hab isch Karamelle geworfe, ach, des war schee. Awwä nachher wurds dann doch ziemlisch anstrengend. Ständisch will aans was von dir, jedes zuppelt an dir rum; hier mußte 'nen Sege spresche, da mußte 'ne Startbahn küsse, ständisch falle Nonne in Ohnmacht, nee, leischt is des net. Un jetzt aach noch diese Enzyklika! Also, wann isch net diese

Supä-Mitra hätt – isch wüßt manschmal gar net mehr, wo mir de Kopp steht! *(Er wird halt immer betrunkener)*

RÖSSKE

Das ist ja alles so spannend! Erzählen Sie doch noch etwas aus Ihrem Leben!

PAPST

Ei, sichä doch! Klar erzähl isch noch 'ne Story aus meinem exorbitant spannenden Leben. Ja, also, wie isch uff dem Priestäseminar war, da hatte mer viel Spaß. Des warn alles so dufte Jungs da, awwä isch war natürlisch der Dufteste von alle! Und eines Tages gab's einen Engpaß in der Weinväsorgung. Die Jungs und isch hatten 'n bissi gefeiät, und eh wir's uns väsahen, war der ganze Wein vom Bischof leergesoffe. Kerlena, hatten mir Schädel am nächsten Tach.

RÖSSKE *(kichernd)*

Das kann man sich denken!

PAPST

Die Scheiße war jetzt bloß die: Es stand grad' ein ungeheuä wischtiges Hochamt an. Awwä es war Sonntag: Wo sollte mehr am Sonntag noch Wein ufftreibe? Im Klostä, wo des Seminar unnägebracht war, gab's nur aan lumpiges Wassähäusschä! Und das hatte am Tach des Hänn natürlisch zu!

SEIBERT

Hölle!

PAPST

Des muß mer sisch mal vorstelle: Aan lumpiges Wassähäusschä für zwanzisch junge, gesunde angehende Priestä!

RÖSSKE

Ein Skandal!

PAPST

Des kann mer laut saache. Was hawwe mer damals gedarbt! Immä abends, nach de Abbeit, hawwe mehr uns dann an dem Büdsche getroffe, ham rumgestande, Bier gesoffe un uff den Bischof geschimpft – mer warn schon ein lustiges Völkschä und trotz der ganzen Askese und Geißelei eigentlisch immä gut druff! Des warn Zeite! Naja, und wie dann plötzlisch der Weinkellä vom Bischof leergesoffe war und die sisch alle gefracht hawwe, was mehr jetzt mache soll, da hab isch einfach 'n Kanistä voll Wassä laufe lasse und des Zeug in Wein väwandelt!

RÖSSKE

Nein, das ist ja allerhand!

PAPST

Und dann kommt der Aacheblick, wo der Bischof den Kelsch hebt und er nimmt 'n Schluck und – spuckt ihn in hohem Bogen uff den Fußboden!

RÖSSKE

Wie seltsam! Warum?

PAPST

Der Bischof war 'n Freund von so lieblische Weißweine. Un isch – ich hatte des Wassä aus Väsehen in Äppelwoi väwandelt! Bruharhar!

RÖSSKE/SEIBERT

Bruharhar! Arfarf!

PAPST

Naja, des hätte dann noch 'n Nachspiel gehabt, awwä isch hab' einfach behauptet, net *isch* hätte den Wein väwandelt, sondän der Brudä Willi! Nämlisch: Den Brudä Willi konnt niemand leiden. Der hat nämlisch des Wassähäusschä geleitet und uns sein schales Bier immä zu Wuchäpreisen väscherbelt!

RÖSSKE

Hahaha! Das geschah dem Bruder Willi recht.

PAPST

Des muß mer sisch mal vorstelle: Die Dose Henningä 3 Mack fuffzisch! Und zwar 0,3 Ihr Leut!

SEIBERT

Freschheit!

PAPST

Naja, der hat dann seine Straf bekomme, der Willi. Danach durfte der Kaplan Dschimmi des Büdschä leite. Der hat erstmal die Bierpreis' gesenkt! Ja, des war die Story mit dem Bischof sei'm Weinkellä!

RÖSSKE

Weiter! Weiter! Mehr!

PAPST

Na gut. Jetzt noch die Anekdot', wo de Kaplan Rolli un isch den Bischof beim Strip-Poker ausgezoche hawwe!

SEIBERT

Des klingt gut!

PAPST

Also, de Rolli un isch warn mal wiedä 'n bissi klamm. Un da kommt dem Rolli, dem ahle Satansbraten, die Idee, mir könnten dorsch Kartenspiele Geld vädienen. Isch sofott die Karten gezinkt und los gings. Erstmal des ganze Seminar abgezockt, des war ein Geheul und Zähneknirsche bei den Mitbrüdän! Isch sach nur: Zahlemann un Söhne! Die hawwe sisch die Seele aus dem Leib gespielt, awwä mir, mit unsänem gezinkte Spiel, hatten natürlisch alsfott Bombenblättä uff de Hand. Ein Grang nach dem annären un Ramsch un Bock un alles. Nach ner Weile hat de Bischof Wind von der Glückspielerei bekomme, weil die abgezockten Brüdä so bedrückt von den Spielschulden warn, daß sie schon net mehr rischtisch beten konnten. Die hatten nur noch ihre Schulden im Kopp. Kein Wundä, denn de Rolli un isch, mir zwo warn beim Schuldeneintreiben net zimperlisch! Da gabs dann schon mal aans in die Fresse, wann jemand zu sehr im Väzug war, hoho! Isch sach nur: Awwä hallo! Un: Halelullja!!

SEIBERT

Hoho! Halleluja!

PAPST

Naja, un als de Bischof uns des väbieten will, des Spiel, da hat de Rolli mit ihm einen Handel abgemacht: Mir spiele mit dem Bischof um die Konzession! Un zwar öffentlisch un vor alle annäre Mitbrüdä.

RÖSSKE

Genial!

PAPST

Dann war's so weit. Weil de Bischof sisch geweigät hat, um Geld zu spiele, hawwe mer ihm vorgeschlache, daß mer 'n Strip-Pokä mache. De Bischof war sofott einvästande. Un los gings! Isch sach nur: Awwä hallo! Erst hawwe mer ihm die Soutan' abgeknöppt, dann des Käppi und dann gings ans Eingemachte. De Bischof hat gekämpft wie ein Löwe! Der hat praktisch um sein Lebe gespielt. Ganz am Schluß, wie er volle Kanne nackisch un nur noch mit Socke am Tisch saß, hat er mäschtisch geschwitzt un väsucht, endlisch auch mal ein Spiel zu mache. Awwä de Rolli kannte da nix un hat ihm am Schluß auch noch die Socke abgenomme. Des war ein Geschrei! Isch glaab manchmal, es gibt uff de Welt nix Wütenderes als wie 'nen nackische Bischof, der wo net väliern kann! Un für ihn war des natürlisch eine Schande; die ganzen Brüdä hawwe gekischät un gelacht – der Typ hat sisch drei Tage lang net uff de Kanzel sehe lasse!

RÖSSKE

Juchhu! Eine wunderbare Anekdote!

SEIBERT

Weidä! Ei, erzähl doch weidä!

PAPST

Gerne. Mir fällt da nämlisch noch 'ne puppenlustige Story aus meinä Zeit im Priestäseminar ein. Also: De Rolli un isch, mir hatten immä so viel Spaß, mir sind aus dem Karzä praktisch net mehr rausgekomme. Weil, wann immä was vorgefalle war, hat uns de Bischof in 'ne Arrestzell' gesteckt, da war noch netemal 'n Fenstä drin. Gott, hawwe mir zwo da oft dringesesse. Einmal sind mir rausgekomme aus dem Arrest, da hat der Rolli gefracht: Is des da die Sonne odä hab isch was an de Aache?

RÖSSKE

Nein, dieser Kaplan Rolli!

PAPST

Also, de Kaplan Rolli und isch sind mal wiedä so rischtisch ausgelasse. Uns stischt der Hafä wie net gescheit. Mir also ab in die City. Bißche in die Spielhall', dann ab uff die Dippemess' und Flaaschworscht gegesse und Bratworscht gegesse und Bier gesoffe und Brezeln und Popcorn und

Liebesäppel und alles rein in den jungfräulischen Katholikemagen; menno, warn mir irre druff, seinäzeit!

RÖSSKE

Tollkühne Jungs, diese beiden! Und was für ein gesegneter Appetit!

PAPST

Des will isch meinen! Awwä hallo! Doch dann mache mir den größten Fehlä unsänä Laufbahn: Mir besteige die »Riesenkrake«. Achtäbahn ging net, mir hatte unsä Geld ja schon in Fressalien angelegt und die Achtäbahn war uns zu deuä, awwä die Riesenkrake konnte mer uns grad noch so zum Schluß leiste. Also: Mir eingestiege in so'ne Krakengondel und ab geht die Post. Am Anfang hawwe mer noch nix gemerkt, awwä dann werd dem Rolli so komisch, und wie de Rolli noch sacht: »Schorschi, mir werd so komisch!«, da merk isch des aach: Uns is plötzlisch übel, also so dermaßen jesusmäßig schlescht – mir fange beide des Speie an. Und was kommt da net all' wiedä raus: Vom klaansten Brezelschä bis zur dicksten Flaaschworscht fliegt des alles im hohen Boge, und die Dreckskrake dreht sisch ja immä schnellä!

RÖSSKE

Um Himmels willen! Das ist ja schrecklich!

PAPST

Und wie! Awwä nur zum Anfang, als die Krak' langsamä war. Da is uns der ganze Hokuspokus nur so uff die Soutane gepladdät! Kerlenaa! Un spätä, wie die Krake ganz schnell war, da hawwe mer nur noch so um uns gekotzt, weschä dem zentrifugale Element. Mir warn die reinsten

Müllschleudän; die, wo in de nächst' Gondel saßen, die hawwe dadefür gebüßt.

SEIBERT

Und wie ging des weidä?

PAPST

Naja, mir also erstmal rausgetorkelt aus de Gondel un uns notdörftisch geputzt – und dann mußte mer ja zurück ins Seminar. De Bischof, der ahle Hund, hatte schon was gewittät un hat uns an de Pforte uffgelauät. Da stehn mir zwo so üwwä un üwwä väschandel un väschisse vor ihm, des ganze Gewand vädorbe un net zum Hinsehn. Isch sofott losgelegt: Mer hätte uns beschisse, die Leut' hätten gesacht, des wär 'ne Messe da, die Dippemess halt, und da hätte mir 'n bissi bete un einkehre gewollt, awwä dann wär alles ganz schnell gegangen un deshalb wärn mir jetzt so derangiert.

RÖSSKE

Wie schlagfertig!

PAPST

Des schon, awwä de blöde Bischof hat uns natürlisch kaan Wort geglaabt!

SEIBERT

So ein Sackgesischt!

PAPST

Des hawwe mer aach gesacht, wie der den Karzä uffgesperrt hat. De Rolli un isch, mir zwo hawwe noch mäschtisch geschä die Tür gebollät un geschriee: »Des melden mir dem Papst! Des sollst Du uns büße!« und de Rolli war so in Rage, daß er geschriee hat: »Bischof, wenn Du ein Mann bist, dann trau' Disch in den Karzä! Mann geschä Mann! Aache um Aache!«

RÖSSKE

Was für ein Draufgänger!

PAPST

Na, un de Bischof konnt des natürlisch net uff sisch sitze lasse. Er macht die Tür uff und mir zwo ihn sofott zu Bode gestoße un geboxt un alles!

SEIBERT

Halleluja!

PAPST

Naja, mir hawwe des dann halt unnä Männän ausgetrache un es kam nix mehr nach, von weschä Disziplinarverfahre odä so.

(Es klingelt und Frau Rosi tritt ein.)

ROSI

Hier sind die Luftmatratzen, Herr Rößke. Huch! Der Papst! Leibhaftig! Leck mich am Arsch! Pardon.

RÖSSKE

Pit, das ist Rosi, Rosi, das ist Papst Pit.

PAPST

Awwä Sie dürfe selbstverständlich Piddi zu mir sage. So sage nämlisch alle Freunde zu mir, gell?

(Es klirrt, Auftritt Ingo)

INGO

Ich wollte nur etwas von dem Duftwasser nehmen, und da ist mir die Pulle runtergefallen...

SEIBERT *(schreit)*

Des war meins! Des war ne nagelneue Flasch My Melody! Des zahlst Du mir!

INGO *(murrend)*

Jaja, nun mach mal halblang!

PAPST

Isch hab heut meine Spendiersoutane an, ihr Leut', die Flasch geht uff misch! Und Sie, liebe

Rosi, setzese sisch halt e bissi zu Ihne Ihrm Oberhirt, gell!

ROSI

Na, das ist ja spannend. Herr Rößke, Sie führen ja echt ein großes Haus.

SEIBERT *(stolz)*

Ja, de Pit will nämlisch hier bei uns sei Enzyklika feiän. Quatsch. Schreibe natürlisch.

PAPST

Ja, jedä hat so sein Päckschä zu trage, wie unsän Hä zu sache pflegte, gell?

ROSI

Ach, Sie schreiben auch?

RÖSSKE

Unsere Rosi ist nämlich eine heimliche Poetin. Nur nicht so scheu, meine Liebe. Neulich hat sie uns eine sehr schöne Ode an einen Schweinebraten zum Vortrag gebracht; O, der du da gurgelnd saftest in des kleinen Ofen Rund...

ROSI *(verschämt)*

Ich dichte halt nur so kleine Sachen; mehr für den Hausgebrauch.

SEIBERT

Trag doch ma eins vor, Rosi!

PAPST

Auja, des find isch spitze! Is des net irre: Da kommt mer in die Provinz und es hagelt nur so Leute von Stand und Bildung. Ein Versschä, drei vier!

ROSI *(verlegen)*

Also, das hier handelt vom Putzen in Herrn Seiberts Zimmer.

SEIBERT

Isch fühle misch geschmeischelt. Isch un mein

Zimmä als Muse, wer hätte des gedacht! Chapeau, Hörb! *(nimmt einen Schluck)*

RÖSSKE

Also: Wer hat dich, du vieler Müll, aufgetürmt in Seiberts Zimmer?

SEIBERT *(hustend)*

Haltstop! Des gildet net! Des is ein Eingriff in die Intimsphäre!

(Splittern. Auftritt Ingo)

INGO

Ich wollte doch nur dieses komische Gemälde abhängen; das ist so scheußlich, da krieg ich ja kein Auge zu. Und da ist es mir...

SEIBERT

Isch bring ihn um! Schafft den Dreckshaas fott odä isch bring ihn um!

PAPST *(nun schon leidlich betrunken)*

Ruhe, vädammt nochemal! In unsäm Hägott sei Name! Mir sin schließlisch Christenleut. Odä muß isch erst den Ratzingä hole?

ROSI *(Um Hörb zu beruhigen)*

Wie waren denn die Perücken? Hat Ihnen eine gefallen? Wenn nicht, ich habe auch noch eine Schachtel alter Stopfpilze auf dem Dachboden gefunden, die steht da hinten, die Schachtel.

(Währenddessen spricht Rößke Ingo ins Gewissen und der Papst schenkt sich nach)

SEIBERT *(murrend)*

Ja, des is ja wohl noch die einzige Freud, die isch heute hab, mei Perücke und Handtasche un Stopfpilze...

PAPST

Du hast wohl vägesse, des heut' ein waschechtä Papst bei dir zu Besuch is. Ja, is des dann gar nix?

Zählt des heutzutach gar nix mehr, wenn mer Papst is? Ach, Rosi, isch bin so unglücklisch! Wenn Sie wüßte! Isch muß doch noch diese Scheißenzyklika schreibe, un dann hab isch so lang uff de Straß warte müsse, bis misch aans mitgenomme hat. Buhuhu.

(Rosi tröstet den Papst)

INGO

Und ich habe kein Dach überm Kopf und keine Eltern mehr, und überall sind die Leute bloß feindselig zu mir! Buhuhu!

(Rößke tröstet Ingo)

SEIBERT

Mir werds hier allmählisch zu nass. Ich guck mir jetzt die Stopfpilz' an.

(Dunkel. Durcheinander wie vorher. Der Papst wird umgeworfen.)

SEIBERT

He, de Papst is umgefalle! Hilft mir mal wer, den Papst wiedä uffzustelle?

RÖSSKE

Ich eile!

INGO

Mensch Leute, macht hin. Ich muß nachher noch den Nathan geben!

PAPST

Des is mir jetzt sehr peinlisch, awwä isch bin net schuld. Des macht der viele Alkohol, Kerlenaa.

SEIBERT

Fättisch! Es geht wiedä, Ihr Leut!

3. SZENE

(Leere Bühne, Seibert schleicht sich ans Telefon)

SEIBERT *(konspirativ)*

Ja, könnt isch mal den Kall spreche? Nee, Zeit hab isch net, awwä isch kann warde... Du, Kall, du kennst doch immä so schräge Vögel. Genau. Mir hawwe nämlisch hier 'n Haas zu Gast – und mir reischt des jetzt. Der muß fott. Awwä isch derf offiziell net Schuld dran sein. Kennst du da aans? Aans, was uff Haase spezialisiert is? Ja, gut. Schick den einfach hier vorbei. Den Rest mach isch. *(Legt auf, weil Rosi und der stark angetrunkene Papst ins Zimmer kommen)*

PAPST

Du glaabst es net, Rosi, was mer als Papst all dorschmacht. Isch hatte son schöne Wahlkampf. Mit'm Bolläwage dorsch Rom, und Fähnsche und Karamelle und Hostie un alles runnägewoffe... un jetzt der Scheißratzingä mit der Drecksenzyklika... isch werd net mehr!

ROSI

Setz dich erst mal hin, Piddi, das kriegen wir schon in den Griff. Ich helf' dir!

PAPST *(aufgreinend)*

Ja, sprischst du dann auch italienisch? Weil, die da unne spresche doch all italienisch! Des hatte isch gar net bedacht, bei meinä Kandidatur. Italienisch! Odä Latein! Dominus vobiscum und so Sache. Isch werd net mehr! Capuccino! Prima collektione! Pronto! Subito! Amen! Was weiß denn isch? Isch bin doch auch nur'n Papst wie du und isch! *(Rauft sich die Mitra)*

ROSI

Ich hab eine Idee! Du machst einfach eine Enzyklika, die gereimt ist. Dabei kann ich dir sehr gut helfen, darauf verstehe ich mich!

PAPST

Des is *die* Idee! Mir dischten gemeinsam die Dings, un danach muß es halt der doofe Ratzingä üwwasetze. Rosi, laß dich von deinem Obähirt küsse! *(Er küßt Rosi voll auf Zunge. Rößke kommt aus Ingos Zimmer)*

RÖSSKE

So, der arme Hase hat sich endlich beruhigt. *(Neckisch)* Nana, Pit, für einen Stellvertreter gehst du aber ganz schön ran. Alter Schwerenöter!

ROSI *(außer Atem)*

Also los, gehn wir an die Arbeit.

PAPST

Och, jetzt gleisch? Isch könnt dir noch'n bissi die Beichte abnemme odä so... *(zwickt sie neckisch)*

ROSI

Neinnein, was man sofort erledigt, liegt einem nicht auf der Seele. Los geht's.

PAPST

Also Rosi, du bist wundäbar! Isch bin stolz uff disch. Du bist vielleischt ein Teufelsweib! Sowas wie disch hätte mir im Mittelalter glatt väbrannt.

(Die beiden setzen sich dicht aneinander und beginnen unter Gegickel und Geschmuse zu dichten. Rößke sieht Seibert versonnen neben dem Telefon stehen)

RÖSSKE

Na, Hörb? So nachdenklich?

SEIBERT *(zusammenzuckend)*

O, ä, nee, isch hab an nix gedacht. Isch steh hier nur so rum.

RÖSSKE

Na, dann blasen wir schon mal die Luftmatratzen auf.

PAPST *(ruft)*

Des is net notwendisch, isch darf bei de Rosi knacke! *(beugt sich wieder über seine Arbeit)*

SEIBERT

Äh, kommt der Ingo noch mal raus? Aus seinem, quatsch, meinem Zimmä?

RÖSSKE

Seltsame Frage. Aber ich denke schon. Vielleicht, daß er Durst bekommt...

PAPST

Odä das Gegenteil, haha!

SEIBERT *(künstlich)*

Hahaha. Hasenböllä. Isch sach bloß: Hasenböllä.

RÖSSKE *(läßt sich erschöpft auf einen Stuhl plumpsen)*

Nun fangen Sie nicht schon wieder damit an. Was macht die Enzyklika?

ROSI

Wir kommen prima voran. Los Schatz, lies doch mal was vor!

PAPST *(erhebt sich schwankend)*

Liebe Gemeinde, wie ihr wißt,
muß isch eine Enzyklopädika schreiben.
Der Titel: Ein Hesse in Rom. So. Also:
Alsfott muß isch uff den Balkon.
Was ham die Leute bloß davon?
Wenn isch da oben steh un winke
Könnt isch vor Scham in' Bode sinke!

(Alle applaudieren)

ROSI

Ach, ist er nicht großartig?

(zupft korrigierend an seiner Albe)

RÖSSKE

Es stellt sich nur die Frage, ob Herr Ratzinger das ohne Einwände übersetzen wird.

PAPST

Des muß er. Schließlisch bin isch sein obästä Diensthä!

ROSI

Genau! Laß dich bloß von niemandem schurigeln, Schatz. Schließlich ist das ganz allein *dein* Betrieb!

PAPST *(aufmüpfig)*

Stimmt! So'n Direktor läßt sisch ja aach net vonnem hergelaufene Filialleitä zusammescheiße.

(Es klingelt, Seibert eilt zur Tür, ein Fuchs tritt ein)

SEIBERT *(gekünstelt)*

Oh, na, so eine Überraschung! De, äh, e Willi! Isch werd värrückt! Tritt nähä. Ihr Leut, derf isch den, äh, Willi vorstelle? Der, der abbeitet bei mir uff de selbe Etasche, gell Will?

WILLI

Guten Abend!

(Willi schaut sich ständig und unruhig um, er ist offensichtlich auf der Lauer, was Herrn Ingo angeht)

PAPST

Immä rein, wanns kaan Fuchs is, hahaha.

RÖSSKE

Guten Abend, Herr Willi. *(Zu Seibert)* Sagen Sie, Hörb, kann das nicht gefährlich werden? Ein Fuchs und ein Hase unter einem Dach?

SEIBERT *(ebenfalls leise)*

Awwä Sie werden den armen Fuchs doch net bei

dem Unwettä uff die Straß schicke! Bloß weil's 'n Fuchs is?

RÖSSKE

Neinnein, aber wir sollten ein Zusammentreffen der beiden verhindern.

PAPST

Ja, Herr Willi, setzese sisch doch. Trinkese erstmal 'n Schluck!

WILLI

Danke, ich trinke nicht.

PAPST

Ja, was dann? Sie trinke net? Awwä e Zigarettsche kann isch Ihne doch anbiete?

WILLI

Danke, ich rauche nicht.

PAPST

Ja, sagese mal, sin sie dann üwwahaupts katholisch?

WILLI

Danke, ich glaube nicht.

PAPST

Schad, dann werdese misch ja auch net kenne: isch bin de Papst. De Original-Papst! Der aus Rom!

WILLI

Wie interessant.

PAPST

Des könnese laut sache, Hä Willi! Da macht mer was mit. Hörnse mal: *(steht auf)* Es war sehr früh, so geschä siebe,
isch wär noch gern im Bett gebliebe,
doch an de Tür, da poltert schon
de Ratzingä, der Hundesohn!

(Rößke schlägt sich spielerisch die Hand vor den Mund, Seibert und Rosi lachen)

Willi

Doch, sehr nett.

Papst

Des find isch aach. Rosi, des werd die beste Enzymika, wo die Welt je gesehe hat! Die annän könne doch einpacke mit ihrm de rebus virus und de Vino Veritas un wie der Scheiß all heißt.

Rosi

Humanä vitä.

Papst

Sach isch doch. Un isch nenn meine, Achtung, jetzt kommts: Mei Enzyklopäpidata träscht den Titel: Hoppla, hier kommt Pit! Unnätitel: Ein Papst startet dorsch! Des nenn isch volksnah. Hä Willi, was maane Sie dazu, sozusagen in Ihrner Roll als ungläubischä Thomas?

Willi

Ein guter Titel.

Rosi

Machen wir weiter, Liebling.

Papst

Oh Rosi, wann isch disch net hätt? Gehste mit mir nach Rom? In den Vatikan? Zusammen könne mer den Ratzingä packe!

Rosi *(ergriffen)*

Oh, das ist der schönste Antrag, den mir je ein Mann gemacht hat.

(Sie schauen sich tief und verliebt in die Augen)

Rösske *(neckisch)*

Ich glaube, wir stehen im Begriff, unsere Putzfrau zu verlieren.

Seibert *(die ganze Zeit nervös)*

Ob der Ingo schon schläft?

Willi *(schnauft auf)*

RÖSSKE

Was haben Sie denn ständig mit dem armen Herrn Ingo?

SEIBERT

Mer werd sisch ja wohl noch Sorge mache dürfe. Erst is man net freundlisch genug, un dann isses aach net in Ordnung. Kerlenaa!

RÖSSKE

Und Sie, Herr Willi, arbeiten also bei Hörb in der Abteilung?

WILLI

Ja.

RÖSSKE

Hm. Eine sehr interessante Arbeit, nicht?

WILLI

Ja.

RÖSSKE

Hm, kann ich Ihnen denn so gar nichts anbieten?

(Willi schnauft auf, Seibert springt beruhigend hinzu)

SEIBERT

Ach, wisse se, Nobbät, de Willi ist ein eher scheuä Gesell. Lassese den nur so bissi hier rumhocke und rumlaufe, un wenn des Gewittä vorbei is, dann isser auch schon zugänglischä, gell, Willi?

WILLI

Ja.

PAPST *(schreiend)*

Isch hab noch aans! Wollt ihr des hörn?

ROSI *(stolz)*

Los, lies schon.

PAPST

Isch konnte unnä großen Mühen
'n Kasten Binding-Bier beziehen.

Und wer västeckt mir den ganz schlau?
De Ratzingä, die ahle Sau!
Gut, gell? Weidä, Rosi, so macht mir die Arbeit Spaß!

(Zungenkuß. Inzwischen redet Herr Seibert auf den sehr unruhigen Willi ein. Dann auf Rößke)

SEIBERT

Äh, de Willi hätt gern mal den Ingo kennengelernt.

RÖSSKE

Aber Hörb, das geht doch nicht.

SEIBERT *(eilig)*

Doch doch, des geht schon, weil de Willi sieht bloß aus wie'n Fuchs, awwä er is doch im Tierschutzverein. Stimmt doch, gell, Willi? Du magst Hasen?

WILLI *(fast geifernd)*

Sehr sogar!

RÖSSKE *(unschlüssig)*

Nun, ich kann ja mal fragen, ob Herr Ingo auch Herrn Willi kennenlernen will. *(brummelnd ab in Ingos Zimmer)* Tierschutzverein ... wenn das mal stimmt ...

SEIBERT

Willi, du västeckst disch am besten da in der Gardrob'. Und wann de Ingo uff gleische Höh mit dir is, dann saach isch als geheimes Zeischen: Soso, da ist ja der Hase Ingo! Alles klar?

(Willi nickt und verschwindet in den Mänteln. Seibert schaut erwartungsvoll. Rößke stürmt aus Ingos Zimmer)

RÖSSKE

Der Ingo ist weg! Mein Gott, wahrscheinlich hat er die Anwesenheit von Herrn Willi gewittert. Der arme Kerl! Er wird sich einen Schnupfen holen!

PAPST

Isch würd ja erstmal nachsehe, ob net irgendwelsche Wertsache fehle. Odä wie wir im Vatikan immä zu scherzen pflegen: Nächstenliebe is gut, Mißtrauen is bessä. Außädem hatte diesä Ingo ne väteufelte Ähnlischkeit mit dem Ratzingä. Oh, den mach isch fättisch, den Jupp! Von *der* Enzykadingsbums erholt der sisch net so schnell!

(Seibert hat inzwischen sein Zimmer durchsucht und erscheint zitternd in der Türfüllung)

SEIBERT

Mei Portemonnaie! Mei Geld! Alles fott! Un alles vollä Hasenböllä!

RÖSSKE *(fassungslos)*

Herr Ingo ein Dieb? Nein, daß man sich so in einem Hasen täuschen kann!

PAPST

Des war eben ein sogenanntä »falschä Has«, hehe!

WILLI *(tritt aus dem Mantelwust)*

Ich glaube, das Unwetter hat nachgelassen. Danke und leben Sie wohl.

RÖSSKE/SEIBERT *(durcheinander)*

Jaja, Wiedersehen! Wie konnte das nur passieren?

RÖSSKE *(ergriffen und in pathetischem Parlando)*

Mich ganz allein trifft die Schuld; ich bestand darauf, daß Herr Ingo bei uns nächtigt. O, wie war ich leichtgläubig und leichtsinnig! Jedoch war ich nur von dem einen Wunsche beseelt: *(flehentlich an das Publikum)* Helfet der Kreatur! Sie leidet und weint so wie wir; sie weiß nicht, aber sie fühlt! Sie ist grausam, aber so verletzlich!

Und wir müssen sorgsam mit ihr umgehen, denn in diesen unschuldigen Wesen lebt nichts denn die schlichte Unschuld, die unschuldige Arterhaltung und die große Liebe und Friedfertigkeit! Siehe das Lämmlein im Tale! Hupft es nicht? Und wedelt nit sein Schwänzlein wild, wenn es bei Muttern trinket? Und siehe das Rindvieh. Liegt über seinen großen Augen nicht lieblich die Wimper? Weh, wie hart muß man Herrn Ingo herumgestoßen haben, daß er zu dem wurde, was er ist! Wie grausam müssen die Menschen ihm zugesetzt haben, daß er einen jeden von uns als Feind ansieht; selbst jene, die ihm wohlmeinend gegenübertreten? Hörb, ich werde Ihnen den Schaden ersetzen. Ich war heute auf der Bank und habe einen größeren Betrag abgehoben. Warten Sie!

(Seibert sitzt als gebrochener Mann gebückt auf einem Stuhl, während Rößke seinen Mantel mit immer nervöser werdenden Bewegungen absucht.)

RÖSSKE *(bebend)*

Das kann nicht wahr sein! Mein Geld hat er auch gestohlen. O, dieser kleine Schuft! Dabei habe ich ihn gar nicht in der Nähe meines Mantels gesehen!

SEIBERT

O nein, o nein, o nein! Des is jetzt awwä meine Schuld. Isch bin doch so blöd wie'n Bembel!

RÖSSKE

Wie? Ich verstehe nicht ...?

SEIBERT

O Nobbät, was sin mir bloß für Schafe! Sie mit Ihne Ihrm Ingo, isch mit mei'm Willi ...

RÖSSKE

Was? Der Willi, Ihr Kollege? Was ist das für eine Welt, in der man nun schon Kollegen bestiehlt?

SEIBERT

Nix da Kollege! Isch hab' ihn vonner windigen Kneipenbekanntschaft vämittelt bekomme! Er sollte den Hänn Ingo ... isch meine ...

RÖSSKE

Aufessen?

SEIBERT

Naja, so rischtisch fresse sollte der den net, ehä so väjage!

RÖSSKE

Hörb, Sie haben einen feigen Mord einkalkuliert!

SEIBERT

Des war Notwehr. Erst frißt de Haas alle Lachsröllschä uff, dann läßt er mei neue Flasch' mit My Melodie falle un so weidä un so fott. Awwä isch denke, jetzt sin mehr quitt, Nobbät. Odä? Mir ham beide Scheiße gebaut!

RÖSSKE *(erschöpft)*

Und klüger sind wir jetzt auch.

(Die Senioren klopfen einander verzeihend auf die Schultern)

PAPST *(sich aufrappelnd)*

Des is ja auch de Sinn von solche Geschischte, des die Mensche klügä werde. Derf isch noch einen, zum Schluß?

(steht auf, zum Publikum)

Ihr Leut! Ihr habt gerade gesehe,
was uff de Welt kann all geschehe.
Den Papst ladet nur sorglos ein,

doch laßt net jedämann herein!
Verschließt die Türn vor Haas, Fuchs – und!:
Dem Ratzingä, dem krumme Hund!
Hellauluja, Hellauluja!

Vorhang

Vom Weltuntergang

Der Mond ist voll

Zunächst merkte man nichts. Es hatte sich nichts verändert: Hier und dort gab es eine Stadt, viele kleine Dörfer, Wälder, Tiere, Menschen, und es wurde dunkel. Auch Herr Gnatz bemerkte nichts Ungewöhnliches, als er zur Sperrstunde den Ratskeller verließ. Es war ein sehr gewöhnlicher Abend gewesen. Gnatz hatte ordentlich Bier getrunken und am Tresen gestanden, ohne mit anderen ein Wort zu wechseln. Und als er aufbrach, da war ihm zwar zumute, als hätte er noch nie in seinem Leben auch nur ein Wort gesprochen oder gar einen Menschen gekannt, aber auch das war nicht ungewöhnlich für Herrn Gnatz. Überhaupt nicht gewöhnlich hingegen war die Tatsache, daß vor der Schänke der Mond lag. Gnatz überlegte, ob das Bier gerade sein Gehirn beschummeln wollte, aber es gab keinen Zweifel: Der Mond lag vor der Tür und war obendrein rotzbesoffen. Starker Wind setzte ein, die Laternen wankten ein wenig, und unter einer dieser Laternen lag der Mond. Unschlüssig stand Gnatz vor dem kleinen gelben Rund, das nun damit begann, sich sehr unruhig hin und her zu wälzen. Dazu plapperte es lautlos. Gnatz beugte sich über den Mond und rüttelte an ihm. Der Mond schlug die Augen auf. Er lallte: »Wo bin ich?« Gnatz antwortete so nüchtern wie möglich: »Vor dem Ratskeller.« Mond fragte: »Und wo kommst du jetzt her?« Gnatz: »Aus dem Ratskeller. Ich gehe heim. Und du? Wo mußt du hin?« Mond schien nachzudenken, dann wurde sein Gesicht ein wenig heller und gelber, und er rief erleichtert: »Klar, in den Ratskeller!« Gnatz seufzte. »Der ist geschlossen. Was machen wir denn mit Dir? Ich meine, kennst du hier irgend jemanden, zu dem du gehen könntest? Soll ich jemanden anrufen?« Mond starrte in die freundlichen Augen von Gnatz. Dann sagte er: »Ich habe gar kein Telefon.« Gnatz mußte lächeln und beschloß, diesem kleinen dummen gelben Mond zu helfen. »Steh auf.« Er packte den Mond und half ihm auf die Beine. Der Mond schwankte, dann lehnte er sich an Gnatz, und die beiden gingen die Straße hinab.

Plötzlich wurde der Mond sehr unruhig und schien etwas zu suchen, denn er tastete hastig seine Taschen ab. »Was suchst du?« fragte Gnatz besorgt. Mond blieb stehen und rief entsetzt:
»Ich muß mal! Aber wo ist jetzt, wo hab ich bloß... hab ich den im Ratskeller vergessen?« Gnatz lachte und öffnete Mond den Hosenlatz. Mond quakte erleichtert und lief aus. Danach ging es ihm besser, und Gnatz wagte zu fragen: »Was machst du überhaupt hier unten? Mußt du nicht am Himmel sein?« Sofort begann der Mond zu jammern: »Immer muß ich am Himmel sein! Immer im All rummachen! Immer im Dienst! Und was ist der Lohn? Doofe Lieder könnt ihr auf mich singen! Ja, das könnt ihr!« Und Mond stimmte mit lauter, rauher Stimme an: »Guter Mond, du gehst so stie-

hie-le!« Er sang und sang und wurde dabei immer wütender und lauter. Ein Fenster wurde geöffnet, ein erboster Kopf erschien über dem Fensterbrett und rief: »Ruhe, verdammt! Soll ich die Polizei holen?!« Mond schrie: »Haha, die Mondpolizei, was? Du sombanuler Arsch, du sombanuler!« Gnatz zerrte Mond rasch weiter, aber der Mond war erzürnt und rief ein ums andere mal etwas von »Mondpolizei!« sowie mehrmals »sombanuler Arsch!« Als er sich wieder beruhigt hatte, erklärte er Gnatz: »Weißt du, wieviel – nein, ich meine jetzt nicht, wieviel Sternlein stehen! Ich meine: Weißt du, wieviel Millionen von Pfadfindern und Lagerfeuerleuten und solchen Kerlen mit Gitarre mich in meinem Leben schon angesungen haben? Was sage ich da: angebrüllt! Hocken satt auf der Erde, grillen dicke Würstchen, zupfen an ihren widerlichen Klampfen, gröhlen mich an, dazu fressen sie Würstchen und Salat und Brot und man selbst steht hilflos da oben und kann sich nicht wehren. Mir wird schon immer ganz schlecht, wenn ich sehe, daß irgendwo wieder ein Lagerfeuer vorbereitet wird. Dann weiß ich schon, was kommt.« Gnatz lehnte den Mond an einen Gartenzaun und suchte nach seinen Schlüsseln. »Hier wohne ich. Dritter Stock. Meinst du, du schaffst das? Den dritten Stock?« Mond starrte ihn gelb an: »Ich gehe auf und unter und im Weltall rum. Da werde ich doch noch Deinen dritten Stock schaffen, du sombanuler Arsch, du!«

Sie stiegen hinauf. Gnatz überlegte kurz, in welchem Zustand er seine Wohnung wohl verlassen hatte und ob er sie einem Gast zeigen könnte. Doch dann dachte er sich: »Einem vollen Mond ist alles egal!« Und er öffnete die Wohnungstür. Der Mond – durch den strammen Marsch etwas ernüchtert – betrat den Flur, schaute ins Wohnzimmer und fragte ohne Häme: »Das muß das Zentrum vom Chaos sein. Wohnst du im Zentrum vom Chaos?« Gnatz befreite das Sofa von einem armvoll dreckiger Wäsche, warf sie ins Nebenzimmer, schloß die Tür und schob den Mond auf das Sofa. »Unverschämtheit«, sagte Gnatz. »Du legst dich vor den Ratskeller, bringst damit das ganze All durcheinander und wagst es, meine Ordnung zu beleidigen. Nur, weil meine Ordnung etwas... na... sagen wir: undeutlich ist!«

Der Mond zog gerade ein sehr alt aussehendes Pizzastückchen vom Couchtisch, legte es auf einen überquellenden Aschenbecher und kicherte: »Ich mag undeutliche Ordnung. Und gegen ein undeutlich ordentliches Bier hätte ich jetzt auch nichts.«

Gnatz dachte an den folgenden Morgen und seufzte. Mond reagierte spitz: »Oder bist du ein Geizhals wie alle anderen auch?«

Gnatz wunderte sich: »Wie alle anderen? Was soll das heißen?« Mond machte sich auf dem Sofa lang und ließ seine gelben Beinchen über die Lehne baumeln. »Naja, wir haben im All so unsere Vorstellungen und Redensarten über euch Erdsäcke...«

»Erdsäcke nennt ihr uns?« fragte Gnatz erbost.

Der Mond antwortete gelangweilt: »Um Himmels willen, wie sollte man euch denn sonst nennen? Etwa ›Krone der Schöpfung‹? Nein, mein Lieber, da habe ich aber schon ganz andere Schöpfungskaliber gesehen, denen die Krone besser stehen würde.« Gnatz wurde plötzlich aufgeregt: »Erzähl doch mal, was gibts denn sonst noch an intelligenten Wesen im All?«

Mond gähnte: »Das werde ich dir gerade erzählen. Dann gehst du doch schnurstracks in irgendeine von euren ekligen Fernsehsendungen und tust dich dicke. Ja, ich weiß ganz genau, was ihr in eurem Fernseher treibt. Uns fliegt der Dreck ja schließlich ständig um die Ohren. Wenn eure Satelliten loslegen, kann man sich ja nicht immer ducken. Da kriegt man schon mal was ab.« Mond gähnte erneut. »Und ich würde jetzt gerne ein Bier abkriegen. Eins muß man sagen: Bier könnt ihr.« Gnatz ging in die Küche und kehrte mit zwei Flaschen zurück. »Und ihr nennt uns wirklich Erdsäcke?« Mond nickte: »Manche sagen auch ›Riesenameisen‹ oder ›Sterbliche‹. Ich hatte mal eine flüchtige Bekannte, die sagte: ›Ich schnuppe mal eben an der Erde vorbei! Die Fleischtrottel wünschen sich dann was!‹ Wir mußten alle sehr lachen. Sag mal, ist das wahr? Wünscht Ihr euch immer was, wenn Ihr eine Sternschnuppe seht?« Gnatz wand sich in seinem Sessel: »Das kommt darauf an. Wenn man romantisch ist, wünscht man sich was.« Mond keckerte durch die Zähne: »Romantisch, soso. Bist du romantisch?« Gnatz überlegte. Dann sagte er bestimmt: »Ich bin nicht romantisch. Ich hasse Romantik. Ich hasse sogar Lagerfeuer und Mondbesingen.« Mond zuckte zusammen. »Lagerfeuer! Erwähne nie mehr das schlimme Wort! Lagerfeuer! Sombanule Ärsche!« Doch schnell hatte er sich wieder gefaßt. »Du bist also nicht romantisch. Das ist gut. Himmel, was müssen wir immer lachen, wenn welche auf der Erde romantisch werden und die Sterne anstarren. Himmel, ist das erbärmlich! Man möchte ja Mitleid bekommen, aber dann muß man doch immer wieder losprusten. Vor allem Verliebte sind der Hit. Oder einige Dichter! Ein Freund von mir ist dichtersüchtig. Der schaut sich das gnadenlos an, das volle Dichterprogramm, und nachher ist er immer völlig schlapp. Aber die Verzweifelten sind auch nicht ohne. Was haben wir schon gelacht!« Mond verfiel in Erinnerungen und kicherte in sich hinein. Gnatz – obwohl romantikfeindlich – gefiel die Gesprächsrichtung nicht mehr. Er spürte sogar Zorn in sich aufsteigen. »Ihr seid ganz schön arrogant, ihr da oben! Wenn unsereins vor lauter Schwerkraft nicht mehr einen Fuß vor den anderen setzen kann, macht ihr euch lustig! Das finde ich schäbig! Das finde ich noch schäbiger als Romantik!«

Mond setzte sich mit einem Ruck auf, griff sich kurz an den Kopf und brüllte dann: »Ich bin wohl im falschen Film! Vorhin hast du einen ziemlich normalen Eindruck gemacht, aber jetzt glaub' ich, hast du den Verstand verloren! Was seid ihr denn? Ein bißchen Blähung! Das seid Ihr! Eine Blähung! Und nur, weil ihr euch in Anzüge steckt, meint ihr wer weiß was! Hab' nur einmal ganz kurz *meinen* Überblick! Dann würdest du die ganze Scheiße aber auch so sehen! Du kämst aus dem Lachen über all das Gewinsel und Geschrei und Geheule nicht mehr raus! Hast du auch nur einmal in deinem Leben eine heulende Blähung gesehen? Hast du? Himmelarsch, ich darf gar nicht dran denken!« Und Mond begann, unbändig zu lachen. Gnatz wußte vor Wut nicht ein noch aus. Da kam ihm eine böse Idee. Gnatz begann zu singen: »Guter Mond, du gehst so stie-hie-le!« Mond erbleichte so stark, daß man ihn kaum noch sah. Man sah nur noch, wie eine gelbe Kugel auf dem Sofa zitterte. Gnatz sang unbeirrt weiter, Mond ballte die Fäuste: »Das wirst du mir büßen! Das zahle ich dir heim!« Und während Gnatz laut sang, verließ Mond türenschlagend die Wohnung.

Er ging nicht auf.

Er ging nicht unter.

Er ging weg.

Und am nächsten Tag war das All nicht mehr im Gleichgewicht. Es kam zu einem gewaltigen Durcheinander, und alles geriet aus den Fugen. Die Welt zerbarst.

Städte, Dörfer, Wälder, Tiere und Menschen verschwanden. Es ertönte ein lauter Knall, dann war auch der Rest verschwunden.

Und es kehrte Stille ein.

Und wenn sich Mond und Gnatz nicht so in die Haare bekommen hätten – wir würden heute noch leben.

Mit Lagerfeuern, Würsten, Romantik und allem.

Die Quellen

- Wir sind in der falschen Umlaufbahn; *ZEIT-Magazin*, 1994
- Eine Liebe zu Paul; *DIE ZEIT*, 1993
- Hat's hier gebrannt; *DIE ZEIT*, 1993
- Ich denke oft an Nell-Breuning; *TITANIC*, 1991
- Warum wir Ostern feiern; *TITANIC*, 1991
- Die Pfaffen müssen weg; *KOWALSKI*, 1993
- Herr, laß Abend werden; *TITANIC*, 1987
- Frau Rettich, Frau Czerny & ich; Weiber-Rabe, *Haffmanns*, 1988
- Arme Melanie, unveröffentlicht, 1994
- Und mit dem Clown ...; *KOWALSKI*, 1993
- Die letzten Tage von Euro-Disney; *TITANIC*, 1994
- Baroneß Bibi löst den Fall; unveröffentlicht, 1994
- Schrill in Salzburg, *TITANIC*, 1987
- Vom Ziegelstein zur Kanzlersgattin; *TITANIC*, 1988
- Pazifistisches Landserheftchen; *TITANIC*, 1991 (Golfkrieg)
- Poesie 1983–1994; u. a. *TITANIC*, *KOWALSKI*, *Jahrbuch der Lyrik 9*, *Luchterhand*
- Papst Pit; unveröffentlicht, 1994
- Der Mond ist voll; unveröffentlicht, 1994